FLORA LU

DIE LEERE DER ZEICHEN

Der vorliegende Text

entspringt einer

frei

erfundenen Wirklichkeit

Originalausgabe
ISBN 3-8311-0713-0
Copyright 2000
für Text und
Umschlaggestaltung:
Atelier Frauke Zander
Fluxus Design
Unter Anwendung von COREL Graphic Suite 9.0
Druck: Libri Books on Demand

Raum für's persönliche Lieblingszitat

Dankeschön dem *Germanistentrio*
Mecki Vahsen, Axel Pelger und Christian Zander
Für Freundschaft, Freiheit und Frieden

Mein Name ist Flora Lu. Ich entsprang dem Samen einer Jungfrau, bevor ich zum Fleisch der Götter wurde und den Wein der Toten trank. Das Licht dieser Welt erblickte ich an einer von Geistern eifersüchtig gehüteten Stelle. Ich lernte dort alle möglichen Arten von Staub aufzuwirbeln und zu unterscheiden. Meine Vorliebe aber galt Blüten- und Sternenstaub. Ich bin davon überzeugt, dass Mathematik ungefähr so weiblich ist, wie Schmuck persönlich und Eifersucht langweilig.

Es schien ein langer, kalter Winter zu werden - wie ein nicht enden wollender Fünf-Uhr-Tee der Seele. Der Tag begann mit der üblichen Routine, bestimmt von verschiedensten Pflichten. Gleichgültigkeit wird auch das Leitmotiv für die Erschaffung der Erde gewesen sein. Anders kann ich mir diese Eintönigkeit nicht erklären. Die Erde dreht sich um die Sonne.

Auch ich rotiere um ein Zentrum, bezeichnet von einer grünen Silbe, die mich oft an ein Fragezeichen erinnert.

In bestimmten Kreisen kursiert das Gerücht, in der Mitte des Zentrums sei ein höheres Selbst zu finden. Ich ging bei der Suche danach regelmäßig verloren. Die Zweifel an einer Selbstfindung dehnten sich dann aus wie ein Waldbrand. Anstatt hechelnd der Spur eines eingebildeten 'Etwas' zu folgen, entschied ich mich meist rasch, der Langeweile des Lebens höchsten Genuss abzugewinnen.

Ich hatte gehört, dass Langeweile ein Sprungbrett zur Erleuchtung sei und fühlte mich somit auf der sicheren Seite. Eine Grundlage geistiger Entwicklung habe ich auch verstanden: Geduld. Zum Beispiel: Ich kann solange auf etwas warten, bis ich vergessen habe, worauf ich eigentlich warte.

Dieses Vergnügen teile ich mit nur wenigen Zeitgenossen. Einst waren es Viele innerhalb einer uranischen

Mischgeneration. Leichtsinnig, scheinbar unbeschwert und jung, stürzten sie sich auf die Ängste ihrer Erzeuger, indem sie Grenzen leidenschaftlich sprengten, um einen diffusen Stolz von Anderssein auskosten zu können.

Dann endlich, wunschgemäß jenen ähnlich geworden, vor denen die Eltern immer gewarnt hatten, glaubten sie, ebenfalls diffus, an Selbstverwirklichung. Schließlich mußten sie ihre eigenen Grenzen und Ängste erfahren. Leichtsinn zog ins Lager der Unsicheren ein. Die Frage nach dem Selbst und seiner Verwirklichung löste nur noch Unbehagen aus.

Sag' mir wo die Träume sind - wo sind sie geblieben?

Möglicherweise lösten sie sich einfach auf, während Individualisten noch im Rausch waren, entzückt von den Möglichkeiten der Phantasie, nicht mehr in der Lage sie zu hüten. Es blieben ihnen leere Worthülsen, die bei Bedarf kräftig aufgeblasen werden konnten.

Die Lebensdauer dieser Hülsen glich jenen von Seifenblasen: schillernd schön für einen Augenblick, danach nur noch ein feuchter, klebriger Fleck, auf dem man leicht ausrutschen konnte. Sie fanden sich in phantastischen Gleichnissen wieder und hatten freien Zugang zur Welt der Atome: ein Tisch war einerseits Materie, scheinbar fest und stabil, von beeindruckender Direktheit. Alle Fragen und Zweifel, warum der Tisch als Tisch bezeichnet wurde, ließen diesen kalt. Der Tisch blieb ein Tisch. Doch noch während sie um ihn herum saßen, ihn als nützliches Möbel Teebecher und anderes tragen ließen, staunten sie nicht schlecht: Materie konnte Flamenco tanzen!

Die kleinsten Teilchen aus denen der, der Tisch genannt wurde, zusammengesetzt war, befanden sich in ständiger Bewegung. Innerhalb ihrer Welt leuchteten die Atome und offenbarten das gesamte Spektrum der Farben. Ineinander verschlungen ergossen sie sich in Formen der Wahrnehmung, die Vollkommenheit ausstrahlten.

Viele hatten das Gefühl, in Bereichen gelandet zu sein, die jenseits von Worten und Erklärungen lagen. Vielleicht wurden sie deshalb stumm und ließen sich nur hin und wieder von einem befreienden Lachanfall verführen, surften jahrelang auf den Wellen der Gefühle. Wundergläubigen Kindern ähnlich, bewegten sie sich in farbenfrohen, bilderreichen und erhellten Zuständen, die offensichtlich zum Leben gehörten.

Warum hatte ihnen bisher noch niemand davon erzählt? Waren sie alle über diese Erfahrungen hinweg stumm geworden?

Sie kamen überein, dass eine Schönheit, die den Menschen zum Schweigen brachte, in jedem Wesen erwachen müßte.

Dabei schauten sie in wohliger Melancholie zum Fenster hinaus in die Gleichgültigkeit. Endlos, trostlos erstreckte sich diese öde Gefühlsarmut, diese stumpfe Anpassung - die bedrohliche Verschlossenheit.

Sie bezogen sich stärker aufeinander. Es bildeten sich Zirkel von Eingeweihten. Sie gaben einander ein zerbrechliches Gefühl von Gemeinsamkeit, während sie, trotzdem einsam, wieder und wieder in die Tiefen hinab tauchten, um weitere Schätze zu bergen. Immer häufiger kam es vor, dass ihre Streifzüge Unangehmes bescherten, doch wenn es irgendwie ging, behielten sie diese Entdeckungen für sich. Es galt als uncool auszuklinken.

Doch, wenn der Druck zu groß wurde, der Deckel wirklich vom Topf flog, waren alle bemüht zu helfen. Vielleicht hatten sie manchmal zu tief ins Glas geschaut, während die Sonne zu hoch stand, so dass Zeichen in die Seelen gebrannt wurden. Es schien als könnten sie nicht genug bekommen. *Wovon?*

Die Sinne mahnten, der Welt der Erscheinung umsichtig zu begegnen. Umsicht schien aber nicht zu den Stärken dieser Generation zu gehören. Sie blieben für sich. Träumten davon, diese rauhe, eckige Welt in ihr

Gegenteil zu verwandeln. Genaue Ziele hatten sie zu formulieren vergessen, bevor sie verstummten. Einblicke in synchron existierende, komplexe Wirklichkeiten ließen viele weltfremd wirken.

Jede Bewegung bringt dabei anscheinend eine Art Papst hervor. Fast alle hörten irgendwann von einem, der sich große Mühe gab, einer zu sein. Manche meinten dann, dessen Sicht der Dinge gehörte nun dazu, wie eine Prise Salz zum Frühstücksei.

Andere bewunderten seine Fähigkeit, die Stummheit überwunden zu haben, blieben aber selbst weiterhin sprachlos. Andere wiederum, vom Pfeil des Leichtsinns scheinbar schwer getroffen, beharrten munter darauf, Spaß zu haben. Sie hatten meist das Glück, während ihrer Tauchausflüge keine Bekanntschaft mit den Monstern ihrer Tiefen machen zu müssen. Andere tendierten zum spirituellen Ansatz, was immer das heißen mochte.

So spaltete sich eine Bewegung und einzelne Gruppen begannen zu konkurrieren. Der Begriff *Subkultur* leistete keinen nennenswerten Widerstand. Alle wurden älter, und der bürgerliche Anpassungsdruck auf weltfremde Spätzünder nahm zu. Einige verloren sich im Wunsch nach ewiger Kindheit. Manche verfielen systematischer Selbstzerstörung. Einige planten sogar immer noch den Umsturz der herrschenden Machtverhältnisse. Viele fanden sich jedoch in völlig gewöhnlichen Zusammenhängen wieder: *Familie - Beruf - Alltag.*

Das Erwachsensein hatte sie voll erwischt. Auftauchende Konflikte erinnerten schmerzlich daran, dass Ideale und Einsichten zeitlos waren oder gar nicht. Kaum jemand schien das Banner der sanften Revolution, Love and Peace, noch tragen zu wollen. Wie auch, wenn sie unter dem Kreuz des Selbstmitleids jeden Moment zusammenzubrechen drohten? Das Banner lag neben der handgestickten Sonntagstischdecke.

Die Flamme eines roten Teelichtes flackerte im leichten Wind meiner verhaltenen Bewegungen. Ansonsten war ich allein. Auffällig viele Lebenskreise, die sich in meinem Umfeld schlossen.

Der Kreis der Vollendung in einer Zen-Kalligraphie ließ eine kleine Lücke. Die Spur des Pinsels wurde in ihrem Verlauf immer poröser. Die Bewegung in der die Farbe geschwungen worden war, vermittelte den Eindruck, als sei das Leben ein einziger Augenblick. Eine einzige Geste in eine einzige Richtung. Kreisförmig, unendliche Strecke, gebrochen allein durch eine Illusion von Endlichkeit.

Als ich die Kapelle betrat, fielen mir zunächst bunte Kränze und Gestecke in meine noch müden Augen. Die Sonne, die sich in diesem jungen Winter durch strenge Zurückhaltung auszeichnete, hatte den Zenit noch nicht erreicht. Es war spät geworden am Abend zuvor. Es stürmte und regnete, so dass ich froh war, die Tür der Kapelle hinter mir schließen zu können. Im Raum herrschte angespannte Stille. Es fiel mir schwer, einen Platz auf den gepolsterten Bänken einzunehmen.

Unruhig wanderte mein Blick durch die Reihen, die Anwesenden musternd. Ich bemerkte, dass die erloschene Person, um die es ging, zu fehlen schien.

Es war meine erste Urnenbeisetzung. 'Wo stand sie bloß?' Die Frage riß mich vom Sitz hoch. Mein Nachbar zupfte nervös an meinem Ärmel. Ich ließ mich wieder auf die Bank fallen, fühlte mich eins mit der hinter Wolken verborgenen Wintersonne. Ich studierte das einfallende Licht in der Kapelle.

Die Seitenfenster waren sehr schlicht gehalten. Die anderen drei Fenster waren aufwendiger gestaltet: Ein Wesen aus christlichen Himmeln, mit Palmblatt in der linken und nach oben weisender rechter Hand, blickte verdrossen zum Himmel.

Ich suchte ein friedliches Lächeln in diesem Gesicht, suchte Gnade, Liebe, Zuversicht... vergeblich. Zwei sinnlich weich und rund gearbeitete Fenster, die dem Licht, diffus und klar zugleich, in feinen Stromlinien Einlaß gewährten, flankierten das Wesen.

Meine Betrachtungen wurden durch das Eintreten des Geistlichen unterbrochen. Er begrüsste die Hinterbliebenen in der ersten Reihe persönlich. Er setzte sich einen Augenblick lang zu ihnen. Vermutlich im stillen Gebet versunken. Die Orgel wurde nun regelrecht gequält. Glücklicherweise übertönte das Pumpen und Pfeifen des Instruments das Spiel weitgehend. Wenige, teilweise falsch angeschlagene Töne stimmten die Gemeinde auf die Zeremonie ein.

Der Pastor im schwarzen Talar war schätzungsweise Mitte vierzig. Seine Ansprache war professionell.

Erinnerungen an meine letzte Reise ließen die Gegenwart verblassen. Wilde innere Purzelbäume hatten mich in einem Land, in dem die Orangen blühen, landen lassen. Ich überließ mich der Hoffnung, eine erholsame Zeit zu erleben.

Urlaub ist ein Zauberwort. Wenn ich Urlaub denke, eröffnet sich eine zarte Vorstellung von Ruhe und Frieden, Harmonie und Entspannung. Der Wunsch, unerreichbar zu sein für alle Banalitäten, die mich sonst ärgern und nerven, immer wieder fordern, oft auch überfordern.

Die ersten Stunden im Land der Orangen aber machten mir sofort klar, wie sehr die Verwirklichung solcher Ideen von der Gnade meiner Mitmenschen abhing. Die hatten kein Erbarmen. Das Einzige, was ich durchsetzen konnte, war ein Abendessen ohne Knoblauch. Der Preis war hoch.

Eine ausgedehnte Mahlzeit lang bedauerten meine Gastgeber vor allem das Fehlen der geschmacklichen Anteile dieser stinkenden Knolle. Mit kurzer Hose war ich nicht zum Abendessen zugelassen worden. Vielmehr hielt man mich dazu an, die Sitten des Hauses zu wahren. Verständnisvoll zwängte ich mich also in eine enge, ordentliche Hose und hielt zeitweise die Luft an.

Im Tischgespräch vertraute man mir an, dass der Künstler des Hauses in eine Krise geraten war. Meine Auslassungen dazu, offenbar zu gewagt, entfachten den Unmut der Dame des Hauses, einer hochwohlgeborenen Kunstkennerin.

Für sie eine günstige Gelegenheit, mich mal eben 'runterzuputzen. Gedemütigt säbelte ich lustlos an meiner Hähnchenkeule herum. 'Blöde Kuh,' dachte ich, der Einfachheit halber.

Nach dem Essen wurde Wein auf der Terrasse serviert. Ich nippte den ganzen Abend an einem Glas herum. Wollte mir die Gehirnzellen nicht verkleben. Man plauderte über Religion und Philosophie. Die Herrin verstrickte sich in Eitelkeiten, lechzte nach Bestätigung. Sie erklärte, im Laufe des Alters würde man weise werden. Ich lachte von Zeit zu Zeit. Vielleicht etwas zu laut. Es befreite mich von den Qualen solcher Ignoranz. Als der Abend vorüber war, fiel ich erleichtert ins Bett.

Am nächsten Morgen, ich hatte noch mit dem Klimawechsel zu kämpfen, ging das Affentheater weiter. Küßchen hier, Küßchen da und hinein in ein vergnügliches Frühstück. Das beste war die selbstgemachte Himbeermarmelade. Erfrischt und munter stellte ich mich der nächsten Herausforderung: Besichtigung einer Orangenplantage, die zum Verkauf stand. Gar nicht teuer!

Die Herrin ergötzte sich fasziniert an der ärmlichen Bescheidenheit einer Bauernfamilie. Reiche konnten sich sogar noch an der Armut anderer bereichern. Wir fuhren weiter und besichtigten ein Restaurant, in dem die Dame ihren Geburtstag feiern wollte. Doch es war ihr nicht gut genug. Ihr Benehmen wurde mir langsam peinlich. Eine senile Königin, die zwei Kisten Apfelsinen kaufte, indem sie Leibeigenen das Pflücken befahl. 'Viel Lärm um Nichts - viel Respekt für Nichts', dachte ich, bevor ich an diesem Abend einschlief.

Ich träumte, mir würde eine Raubkatze anvertraut. Das Tier war zuerst sehr unkompliziert. Doch eines Tages wollte es unbedingt eine unter der Bettdecke liegende Frau fressen. Als ich das Tier daran hindern wollte, erklärte es in menschlicher Sprache, dass sein Vorhaben nicht weiter dramatisch sei, weil die Frau nun alt genug sei.

Ich erwachte und sprang in den Pool. Dann bereitete ich mich auf ein weiteres gemeinsames Frühstück vor, indem ich mir eine halbe Stunde lang vergegenwärtigte, wie wichtig Verständnis, Offenheit und Toleranz waren. Moralisch gerüstet erschien ich in der Küche. Abgesehen von den verheerenden Ansichten, die zur Tagesordnung zu gehören schienen, verlief das Frühstück ohne besondere Vorkommnisse. Am Vormittag wurde ich über einen Golfplatz getrieben, sollte die Funktion eines Caddys übernehmen. Sollte heißen: Die im wilden Eifer eines nahenden Sonnenstichs unkontrolliert durch die Luft gedonnerten kleinen weißen Bälle mußten auf dem Gelände gesucht werden. Ich blieb kühl, bemerkte nur, wie meine Kinnlade schon fast zwischen meinen Füßen über den gepflegten Rasen des Sporthotels schleifte. Am Nachmittag buchte ich meinen Flug um. Mit der Abendmaschine flog ich zurück. In der Nacht erfuhr ich von der Trauerfeier.

Die Aufforderung einen bestimmten Psalm zu rezitieren, dessen Nummer der Pastor sooft wiederholte, dass ich mich weigerte, mir diese Zahl zu merken, brachte mich zurück ins Jetzt. Hier konnte ich die Urne immer noch nicht ausmachen.

Mein Erstaunen über die Abwesenheit der Verstorbenen wuchs. Der Vertreter der Kirche verlas einen Lebenslauf. Einundsiebzig Jahre schmolzen zu wenigen Minuten zusammen. Dieser Zeitraum stand Zeuge für die unglaubliche Tragödie, die mindestens dreißig Jahre andauerte, bis diese Seele sich einen Ausgang verschaffen konnte, der ihr eigentlich schon zu Lebzeiten zugestanden hätte. Fürsorglichkeit und Aufopferung der Verstorbenen für die Familie wurden hervorgehoben und wiederholt. Wiederholt wie die Nummer des Psalms, durch den der Herr sich preisen ließ.

Wieder stöhnte die Orgel auf, die Eingangstore öffneten sich, zwei schwarzgekleidete Männer mit schwarzen Zylindern auf den Köpfen gingen zielsicher auf etwas zu, was mir bis dahin verborgen geblieben war. Sie nahmen die Kopfbedeckungen ab, hielten inne und schauten in betroffener Ernsthaftigkeit auf Etwas zwischen ihnen. Langsam dämmerte es mir. Der Behälter mit den rosa Rosen war keine Vase, sondern die Urne. Ich fühlte mich an Magritte erinnert:

Dies ist keine Pfeife - ceci n'est pas une pipe.

Die Männer ergriffen einen Acrylständer, hoben ihn hoch und nun sah ich deutlich die Urne, in die sich das Häufchen Elend verkrochen hatte. Wie ich später erfuhr, hätte die Verstorbene eine anonyme Beisetzung vorgezogen, doch der Wille war männlich. "Herr, schaue auf uns und gebe uns Licht", sagte der Pfarrer immer wieder. Die Gemeinde erhob sich. Angeführt von den nächsten Hinterbliebenen, setzte sich der Zug schleppend in Bewegung. Aufgespannte Regenschirme sorgten für Distanz. Die Last des Bedauerns konnte den Himmel nicht daran hindern, einige Minuten lang mit blauen Inseln zu brillieren. Rinnsale der Traurigkeit trockneten langsam ein. Die Frage, wie wer zum Leichenschmaus kam, gewann an Bedeutung. Natürlich erst nach dem Vaterunser. Der Geistliche hatte es eilig. Verständnisvoll blickte ich ihm nach. Sicherlich drängte der nächste Termin.

Vielleicht sogar eine Hochzeit. Wechselbad der Gefühle. Erstaunt nahm ich kurze Zeit später zur Kenntnis, dass der Herr Pfarrer einer der ersten war, die an der Tafel Platz nahmen.

Mein Schatten hat vier Beine und einen buschigen Schwanz und die Entscheidung, ihn am Leichenschmaus teilhaben zu lassen, verletzte die Pietät einer Dame der Trauergesellschaft. Es mußte ihr entfallen sein, dass die Römer Pietas in einem Tempel verehrten und ich somit wirklich nicht damit rechnen konnte, sie in einem Ausflugslokal am Rande des Bergischen Landes anzutreffen. Wirkliche Schatten hatte ich bereits zuvor auf dem Weg ins Lokal als Beifahrer. Ein in Tränen aufgelöster Mann im blühenden Alter von 35 Jahren erging sich schluchzend in Klage über die grausame Heuchelei seiner Verwandtschaft. Seine Ausführungen glichen einer Obduktion, sodass ich, wie von scharfen Einsichten seziert, mein Fahrzeug in eine Parkbucht lenkte.

Nach salziger Vorsuppe und fettigem Toast beschloß ich, auf die Nachspeise zu verzichten und von der Bildfläche zu verschwinden. Natürlich nicht, ohne mich von dem frischgebackenen Witwer zu verabschieden. Er überschüttete mich mit Dank, gerührt von seiner eigenen Rührung.

Bestürzt kehrte ich in meinen Alltag zurück. Das starke Verlangen nach einem Becher Bohnenkaffee führte mich schnurstracks in die Firma. Sie residierte in einem sehr alten Fabrikgebäude und war Ursache meines Firmenkomplexes, wie ein klinischer Psychologe zu behaupten pflegte. Er wußte wenig von meiner Traumfabrik. Genaugenommen war ich in der Firma immer flüssiger als Wasser. Mein Erscheinen unterbrach die Routine, der dort herrschenden chaotischen Geschäftigkeit.

Die Firma gehörte zu meinem Leben. Ihr Einritt in dasselbe war nicht schön. Einer unerwünschten Schwangerschaft vergleichbar, machte sie sich so breit, dass ich nicht einmal mehr Platz zum Sitzen fand. Sie schien viel stärker zu sein als ich. Vor den Erfolg sollen die Götter den Schweiß gesetzt haben. Leider haben sie mich nicht gelehrt, ihn zu genießen.

Ich lief die Stufen hinauf, durchquerte das Entree und meine Bestürzung begann sich aufzulösen. Zarte

Pastell-Farben strömten in meine Wahrnehmung und besänftigten die vom Friedhof mitgebrachte Unruhe.

Ich ging ins Großraumbüro, Möbel, Computeranlagen, Telefone, offene Aktenschränke und Berge von Papier begrüssten mich stumm. Mittendrin entdeckte ich den vorstehenden Bauch eines hellen Kopfarbeiters. Vielleicht zeigte der Bauch seinen Hunger nach Gefühlen? Ein glänzendes Gesicht mit weitaufgerissenen Augen näherte sich mir aus einer anderen Ecke. So viel rot an einem einzigen Körper! Seit mir ein Aussteiger, der inzwischen wieder eingestiegen ist, in Indien erklärte, nur wenige könnten Rot tragen, sah ich manchmal mehr als Rot. Das Unvereinbare miteinander verbinden ist, nach Riva, das einzige Geheimnis, das zu Frieden führt.

Schweigend schlürfte ich den langersehnten Kaffee. Ich spürte diesen langen, schlaksigen Typen mit seinem pickeligen Gesicht in meinem Magen liegen. Einer von denen, vor denen Eltern dummerweise nie gewarnt hatten. Einer, der ein Schlammloch als Einstellplatz, einen nassen Keller als geeigneten Saunaraum, mit Schrott vollgestopfte Schuppen als Nebengebäude vermietete. Einer, der ein Stück Land verkaufte und dem Interessenten neben einer überhöhten Kaufsumme noch die Kosten für Vermessung, Müllbeseitigung, Abrißkosten des Schuppens, sowie Erschließung und Sanierung des Schlammlochs aufdrücken wollte, welches er im Zustand geistiger Umnachtung immer als Einstellplatz zu erkennen glaubte. Einer, dem es mal gut tat, aus dem eigenen Haus geworfen zu werden. Wie illusionär Eigentum doch sein konnte!

Seine Frau hatte ihn sitzenlassen, um der Stimme ihres Chorleiters zu folgen, dem Sopran ihres Herzens vielleicht ähnlicher als sein Gekrächze. Nun mußte ich diesen Kerl auch so schnell wie möglich loswerden. Meine Laune verschlechterte sich derart, dass ich jedem nur raten konnte, mir diese nicht zu verderben.

Unbemerkt verließ ich die Firma und fuhr zum Bahnhof, um mir eine Zeitung zu besorgen. Mein Blick fiel auf ein Graffiti:

Wenn du jeden Tag schreibst, bist du fast schon ein Schriftsteller. Wenn du jeden Tag malst bist du fast schon ein Maler. Wenn du jeden Tag meditierst, bist du fast schon ein Erwachter. Wenn du jeden Tag das Gleiche tust, bist du fast schon ein Roboter.

Amüsiert lief ich weiter und führte meinen vierbeinigen Schatten im offenen Gelände einer Landesklinik herum.

Dort lernte ich Rudi kennen. Obschon ich keine Lust verspürte, mir ein Ohr abkauen zu lassen, ergoß sich sein Redeschwall über meine blankliegenden Nerven:

In früher Jugend habe es angefangen. In Münster sei er einem jungen Mädchen begegnet, das von jugendlichen Skins bedrängt worden sei. Er habe das Mädchen aus der Bedrängnis befreit, indem er die Gruppe auf-

gemischt habe. Später, als das Mädchen seine Verlobte

geworden sei, sei sie in seinen Armen an Leukämie

gestorben.

Als er eines Tages angepöbelt worden sei, habe er sich

prügeln müssen, obwohl er die anderen gewarnt habe,

Kampfsportler zu sein. Ein Widersacher habe einen

Schädelbasisbruch erlitten. Später habe er einem Pfle-

ger in der Psychartrie die Knochen gebrochen.

Während eines Urlaubs im Iran, sei eine Ölquelle kei-

ne hundert Meter von Rudi entfernt in Flammen auf-

gegangen. Er sei vor der Feuersbrunst geflüchtet, da-

bei auf ein verschrecktes Mädchen gestoßen. Sofort

habe er es auf seine Arme genommen, sei weiter ge-

rannt und habe Schutz hinter einem Felsen gesucht.

Erst dann habe das Kind geschrien. Während er sich

schützend über das Mädchen geworfen habe, habe es

ihn mit weit aufgerissenen Augen angeschaut. Später

hätten es die Eltern dankbar in Empfang genommen.

Der Krieg habe Rudi weitergetrieben. Überall sei er über Leichen und Schwerverwundete gestolpert. Er habe Handgranaten, Panzerfäuste und Kalaschnikows aufgelesen. Schwer bewaffnet habe er sich schließlich zur Grenze durchgeschlagen. In einer Moschee habe er halb verbrannte, vergewaltigte junge Frauen entdeckt. Er habe ihnen einen Gnadenschuß gegeben, um sie vom Leiden zu befreien. Mit einem verwundeten Feind habe er allerdings kein Erbarmen gezeigt. Bevor er diesen getötet haben wollte, habe er ihm noch den Stumpf des abgeschossenen Beines abgerissen.

Dies erzählte mir Rudi im freundlichsten Plauderton. Wie ich später erfuhr, war ihm nachgewiesen worden, ein dreizehnjähriges Mädchen vergewaltigt und getötet zu haben. Er konnte sich daran nicht erinnern.

Mir fiel ein, dass ich noch einen Scheck bei einem Auftraggeber einzutreiben hatte. Theatralisch hob dieser die Hände als er mich erblickte, als wollte er Dämonen abwehren. Hinter seinem Riesenschreibtisch thronend wollte er mir, dem freien Mitarbeiter, ein Gefühl von Erbärmlichkeit aufzwingen. Ich schluckte, biss die Zähne zusammen und versuchte, so lässig wie möglich zu wirken. Übrigens eine meiner leichtesten Übungen!

Die Zeit der Jungunternehmer war über dieses Land hereingebrochen. Sie waren so progressiv, dass selbst ein Aspirin davon Kopfweh bekam.

Diese Helden waren meist dunkel gekleidet und knusprig braun, weil sie ihre Ferien als Brathähnchen am Strand verbrachten. Außerdem sahen sie alles ganz locker. Sie ließen ihre freien Mitarbeiter kilometerweit fahren, sie ließen sie von ihren Privatenanschlüssen fröhlich Einheiten verjubeln, und sie ließen sich endlos lange Zeit, bevor sie noch ausstehende Rechnungen bezahlten. Sie standen eben mit beiden Beinen fest im Leben.

Ich täuschte einen weiteren Termin vor, verschwand mit dem Scheck in der Tasche, dachte an den marsroten Nagellack, der unerbittlich von meinen Fußnägeln blätterte und nach einem erstklassigen Entferner schrie. Ich fand ein Kosmetikgeschäft, das ich ohne Sauerstoffmaske betreten konnte, kaufte das Notwendige und rannte wieder hinaus. Dann plötzlich überfiel mich Hunger. Mein Magen funkte SOS. Ein chinesischer Imbiss in Sichtweite versprach: *Lecker Chop Suey!*

Während ich auf 's Essen wartete, betrat ein dicker Mann das Lokal. Seine Augen konnten nicht von mir lassen. Ich setzte auf Nichtbeachtung. Er gab seine Bestellung auf und ich erkannte in Augenhöhe ein Jeanslabel: Größe 42/30. 'Wenn du mal bei Jeansgröße 42 angekommen bist', dachte ich so bei mir,' hörst du auf, Deinen Körper in Jeans einzusperren'.

Das Becken drehte sich und weiter oben fragte es, ob an meinem Tisch noch Platz sei. Ich deutete zustimmend auf einen der Stühle und schaute wieder woanders hin. 'Schneller' funkte ich den Koch hinter seinem

dampfenden Wok an, doch das Unvermeidliche setzte
ein:

Lecker hier! Öfters hier? Bester Imbiss hier! Blabla -
Schleim-schleim - zusammen essen hier? Keine
Chance? - Nein, keine Chance!

*'Suche nicht nach Worten Fremder - Sie machen Dich
nicht zum Vertrauten. Treibe nicht in Gefühlen, Frem-
der - sie erweitern nur die Kluft zwischen Dir und mir.
Strebe nicht, sie zu verändern Fremder - es lohnt der
Mühe nicht. Nur Dein Lassen, nicht Dein Tun läßt
Deine Einsamkeit verschwinden.*

*Mach' mir keine schönen Augen, Fremder - Glanz der
Schönheit blendet nicht. Sei nicht traurig, Fremder -
plötzlich könnte ich Dir nah sein und Du wünschst
Dich weit weg von mir. Dann ist es zu spät, Fremder -
Unauslöschliche Gegenwart breitet sich aus, Fremder -
sei vorbereitet auf das Plötzliche. Schaue nicht in Erwartung, Fremder - nicht eine Einzige erfüllt sich. Sei
froh darüber, Fremder!'*

Zum Glück konnte er mich nur noch mit Blicken verfolgen, als ich mit meinem Chop Suey das Lokal verließ, denn sein WANTAN war noch nicht gar. Männer waren so anders.

Daheim war Hausarbeit angesagt. Ich schaltete den Fernseher ein. Das hatte ich von einem Zimmermädchen in Kalifornien abgeschaut. Die Frau hatte sich von Zimmer zu Zimmer gearbeitet, indem sie beim Eintreten immer zuerst den Fernseher anknipste und ihn beim Verlassen stets als letztes ausschaltete.

Ich landete an diesem Tag in einer Talkshow. In einer von Neunen, die täglich ausgestrahlt wurden. Diesmal sollten Geheimnisse vor laufender Kamera gelüftet werden. Eine Frau trat auf und wurde von der Moderatorin zu ihrem Geheimnis befragt. Die Frau wollte ihrem zukünftigen Mann etwas offenbaren. Ahnungslos saß dieser im Publikum und verfolgte das Geschehen.

Plötzlich richtete sich die Kamera auf ihn und er hörte seine Frau sagen, dass sie heimlich als Domina arbeite.

Fassungslos schüttelte er den Kopf. Er sah dabei aus wie einer dieser Plastikdackel auf der Hutablage hinter der Heckscheibe gewisser Autos.

Krampfhaft versuchte er seinen emotionalen Absturz vor dem Millionenpublikum zu verbergen. Die Frau erläuterte, dass sie ihren Job im Milieu als Ehefrau natürlich nicht mehr ausüben wollte. Der Mann hielt sich an seiner Selbstbeherrschung fest, wie ein im Ozean Treibender an einer Schiffsplanke. *Himmel, der Sinn des Lebens scheint nach Hollywood ausgewandert zu sein.*

Ich fragte mich, ob ich diesen Tag als geglückten betrachten sollte. So wie Handke den seinen. Dessen Versuche hatten mich lesend in gähnende Gleichgültigkeit gedrängt, hatten meine vor Lust strotzende Neugier abstürzen lassen, plötzlich wie das Programm eines Computers. Ein Kritiker muß sich eben immer im Spiegel der geübten Kritik selbst erkennen. Das kann sehr hart sein, da hilft kein Günther Grass, kein Immanuel Kant und kein Marcel Reich-Ranicki.

Dennoch reizte es mich, einen Tag wie diesen auszuwerten: *Nach acht Stunden aufgewacht: 5 Punkte - danach sofort Stellung bezogen, um zur Besinnung zu kommen: 27 Punkte. Gefrühstückt, dafür gab es keine Punkte, da der Tisch nicht abgeräumt wurde.* Spätestens an dieser Stelle hätte Handke merken müssen, dass er Hofschreiber im Elfenbeinturm geworden war, Gefangener im feinen Kerker schriftgewordener Konzepte vom Leben, manchmal in wallende Gewänder gekleidet und zum Hofgang freigestellt. Dort wurde in umständlichen sprachlichen Verrenkungen die Elite ausgebildet. Sollten nicht lieber die Erkenntnisse der Wissenschaft möglichst vielen Menschen nahegebracht werden? Sollte nicht die Aufklärung, von der so viele reden, als sei sie längst gelaufen, langsam mal beginnen? Handke hätte lieber weiter sein Publikum beschimpfen sollen.

Meine Gedanken machten mich nervös. Wenn ich all das, was ich von mir gab, im Leben noch einholen wollte, durfte ich keine Sekunde verschwenden. Gern hätte ich diesem Tag eine Pointe geschenkt.

In der Nacht erschienen wieder alle Sterne am Firmament: Bekannte wie Unbekannte.

Ein Wadenkrampf schreckte mich aus dem Schlaf. Ich sprang auf, befühlte den harten Muskel, bewegte das Bein, um den Schmerz einzudämmen, humpelte los, um mir Magnesium zu holen.

Ich fand die Ursache für mein böses Erwachen gemütlich eingerollt in meinem Bett schlummern. Mein Kater streckte sich und gähnte, als wollte er mich einladen wieder in den von Drachen bewachten Schlaf zu gleiten. 'Drachen fressen Prinzen auf,' dachte ich.

Ich legte mich wieder hin und hatte eine traumhafte Begegnung mit einem grünen Minister. Er hofierte mich mit Charme und Witz, einer Mischung, der ich nur schwer widerstehen konnte, zumal sein Vorname so klangvoll erotisch war. *Der Mund brennt nicht, wenn der Mensch das Wort Feuer ausspricht.* Beim Aufwachen erblickte ich drei gelbe Rosen mit rotem Rand. Ich liebkoste die Blumen, schaukelte durch den weiten Raum relativer Wirklichkeiten und hatte das überzeugende Gefühl, meine Berufung gefunden zu haben.

Zwei Telefonate und ein Brötchen später hatte mich mein Glaube schon wieder verlassen.

Am Morgen besuchte ich meine beste Freundin. Die Gegend am Stadtrand, in der sie wohnte, bot den dort Ansässigen kaum nennenswerte Höhepunkte. Anonymer Wohlstand, hinter adretten Fassaden versteckt.

Kontakte zwischen den Nachbarn beschränkten sich weitgehend auf Beschwerden im Zusammenhang mit Eigentumsberührungen, die natürlich stets als Beschädigungen angeprangert wurden. Nur Wenige waren bereit, einander zu grüßen. Die beiden Kirchen, die einen gut gepflegten Park flankierten, gaben der Gegend moralisches Gewicht. Einblicke in die eine oder andere häusliche Situation erschütterten diesen Eindruck zutiefst.

Das wirklich Besondere in dieser Gegend waren nicht die Menschen. Es waren die Bäume: Betagte Buchen, Kastanien und Douglasien wurden nicht müde, ihre Wurzeln tiefer in Mutter Erde zu treiben.

Mittendrin lag das Haus meiner Freundin, dessen Glanz vergangener Tage einer märchenhaften Aura gewichen war. Lasziv in sich selbst versunken, schien es jedem Trend zu trotzen. Es regte die Neugier des Betrachters an, indem es zu wunderlichen Spekulationen einlud und Begehrlichkeiten weckte. Ohne die Farbtupfer blühender Blumen in von Drachen geschmückten Schalen hätte das Haus noch verlassener ausgesehen. Eine halbrunde Einfahrt führte zum Portal, alter Baumbestand, verschiedene Sträucher und Stauden schmückten den Vorgarten.

Insgesamt hatte das Haus fünf Etagen. Bedingt durch die Hanglage war eine Art Katakombe entstanden, die seine Atmosphäre stark beeinflußte. Desweiteren gab es einen Keller mit Souterrain, der nützlichen Arbeiten diente. Die Etage im Parterre war ungefähr so gemütlich wie ein Museum. Perfekte Dekoration und allgegenwärtige Begrenzung hoben den aufwendigen Repräsentationscharakter, ließen aber Wärme und Geborgenheit missen. Der erste Stock erschien zwar dringend renovierungsbedürftig, aber eindeutig nicht von allen guten Geistern verlassen. Er wirkte manchmal wie der Teil eines Mutterschiffs im Weltraum, der sich vom Rest abkoppeln konnte. Frei schwebend in der Weite des Raums bewegten sich die Bewohner dieser Etage durch die Zeit. Der Speicher verführte durch seine Größe zu wagemutigen Ausbauplänen. Das Grundstück hinter dem Haus beherbergte einen kleinen Park mit Terrassenbeeten und Bruchsteinkonstruktionen.

Zwei vielbefahrene Hauptstraßen und ein zwanghaft unzufriedener Besitzer grenzten das Anwesen ein. Die Lärmbelästigung hätte durch handwerkliche Eingriffe beseitigt werden können.

Bei den um sich greifenden Neurosen des Eigentümers endeten die Möglichkeiten allerdings jäh. Er machte diesen Ort zu einem Käfig, dessen Stäbe immer näher zusammenzurücken schienen. Da er jedoch alles verkommen ließ, setzten die Stäbe Rost an und wurden langsam brüchig. Manchmal konnte eine Windbö heiligen Zorns die Stäbe für einen Augenblick lang auseinanderbiegen. Gerade lang genug, um auszubrechen, sinnzerreissenden Zweifeln zu entkommen.

Meine beste Freundin hatte einen guten Zeitpunkt erwischt. Gut vorbereitet stand ihr tornadorotes Vehikel vor der Tür. Sie sprang hinein, startete und nahm nach einigen Stunden entspannter Fahrt die Morgenfähre von Ostende nach Dover. Die 'Prinz Phillip' pflügte zunächst tosend und mit eineinhalbstündiger Verspätung durch den im dichtem Nebel liegenden Kanal.

Dann blinzelte die Sonne durch die Wolkendecke. Das Auftauchen der Möwen, die plötzlich die Fähre begleiteten, ließen schließlich die Ahnung zur Gewißheit werden: Land in Sicht! Die weißen Klippen von Dover strahlten den Passagieren entgegen. Leichter Nervenkitzel begleitete die Landung. Passkontrolle, keine Gepäckkontrolle und hinein ging es in den Linksverkehr.

Die Einfädelung in den ersten Kreisverkehr kostete sie starke Konzentration. Ein langer Weg lag vor ihr, ein anderer langer Weg lag hinter ihr. Das Ziel, Irland, vor Augen, bewegte sie den Wagen forsch durch den Stoßverkehr um London. Später wurde es ruhiger auf den Straßen und sie erreichte pünktlich die Fähre nach Cork. In ihrer Erleichterung unterlief ihr ein harmloser Abbiegefehler, der sofort von einer Deutschen durch erhobenen Zeigefinger zur Anklage gebracht wurde.

Die 'Celtic Pride' wartete schon. Die Kofferräume aller Autos wurden mit englischer Höflichkeit und diskreter Sorgfalt gefilzt. An Bord holte sie sich ihren Kabinenschlüssel, probierte ihre Liege aus und machte sich in einer Naßzelle so frisch, wie es nach jetzt bereits 17stündiger Reise möglich war.

Sie schlenderte über die Decks und freute sich auf die bevorstehende Nachtmeerfahrt über die irische See. Trotz anhaltender Geschäftigkeit der Mitreisenden suchte sie ihre Koje auf und ließ sich vom Wellengang in den Schlaf wiegen.

Im Morgengrauen kletterte sie, von ihrer Erschöpfung befreit, unter der Decke hervor. Unter der Dusche spülte sie die zu getrocknetem Schweiß gewordenen Strapazen ab. Mildes Klima und wärmende Morgensonne ließen ihre Sinne auf dem Außendeck weiter erwachen. Die Atmosphäre auf dem Schiff erinnerte sie an eine Andacht. Alle Menschen wirkten, wie von der Nachtmeerfahrt geläutert. Der Hafen von Cork war noch ganz verschlafen. Einige Pfadfinder an Bord wurden von Eltern und Verwandten an Land erwartet. Morgenlicht hüllte die Küste in weiche Farben.

Die Zeit, ein leichtes Mädchen, dass sich jedem hingibt. Zeit, die froh ist, wenn sie nicht totgeschlagen wird. Zeit, der Langeweile fremd ist. Zeit, die grenzenlos ist. Zeit, die mit gespreizten Schenkeln lockt immer zu spät oder zu früh. Zeit, die jede Einladung annimmt. Zeit, die ekstatische Orgien feiert. Zeit von geheimnisvollen Schleiern umhüllt, kann ihren wahren Wert nicht zeigen.

Ein Geräusch im Haus weckte sie aus ihren Träumen. Schlaftrunken griff sie zur Uhr und öffnete ihr Bewußtsein für diesen Traum in ihrem Leben. Sie entschloß sich, den Tatsachen eines weiteren Tages ins Auge zu blicken und verließ das warme Bett. Immer wieder versuchte sie, einen klugen Plan zu entwerfen, versuchte, übersichtliche Konstruktionen für Gefühle, Beziehungen, Finanzen, einen Job, den Haushalt, die Weiterbildung, für Hobby, die Freizeit, den Schlaf zu schaffen. Doch es gelang ihr nicht, sich nach ihren eigenen Plänen zu richten. Ein Stoßseufzer führte jede Taktik in die Unendlichkeit zurück.

Sie sprach selten über das, was sie beschäftigte. Die meisten bemerkten das nicht einmal, weil ihre Interessen andere waren. Was ihr blieb, war Selbstgespräch. Sie bevorzugte eine ausgeglichene, friedliche Stimmung. Dies konnte zur irrigen Meinung führen, chaotische Zustände seien ihr fremd. Doch je vertrauter ich mit ihr wurde, desto mehr entdeckte ich das Feuer in ihrem sanftmütigen Blick. Es war riskant ihr tief in die

44

Augen zu blicken. Immer wieder geriet ich ins Schwärmen und erhielt daraufhin von ihr Lektionen in Sachen Faszination. Sie hielt Faszination für eine fröhliche Beschäftigung, die ganz interessant sein konnte, aber in keiner Weise ernst zu nehmen sei.

Manchmal tat sie mehrere Dinge gleichzeitig. Sie erzählte mir Geschichten, schrieb einen langangekündigten Brief, gestaltete mit Faserstiften ihre Garderobe. Sie war eine leidenschaftliche Verfasserin von Briefen. Die meisten Zeitgenossen, die sie dazu inspirieren konnten, Monologe, wie sie es nannte, zu verfassen, waren ihr lieb und teuer. Sie genoß die Möglichkeiten solcher Gespräche in höchstem Maße. "Das Gute im Schreiben", bemerkte sie des öfteren, nicht ohne Selbstironie", liegt darin, dass keine Bemerkung, keine Geste und keine Mimik den Fluß zu unterbrechen vermag."

Sie hielt nicht viel von Versuchen, die Zeit zu beschleunigen. Im Laufe der Jahre, nachdem ihr jugendliches

Ungestüm erste Fältchen und graue Haare im Spiegel entdeckt hatte, erwachte in ihr ein leises Gespür für den Umgang mit Zeit. Seitdem verlangsamte sie ihre Bewegungen bewußt. Sie lebte ihre Einsichten ohne Pathos. Eher erschien sie dabei nüchtern und sachlich, als bediene sie einen Geldautomaten.

In Seelenkundlerkreisen hieß es, dass Geld und Gefühle eine mit Skepsis zu betrachtende Verbindung pflegen. Menschen kompensieren ihre Gefühle im Konsum und geben dabei unkontrolliert Geld aus. Dieses Zahlungsmittel ist in seiner Verfügbarkeit begrenzt.

Der größte Dummkopf muß das einsehen, wenn sein Dispo hoffnungslos ausgeschöpft ist. Gefühle jedoch sind unbegrenzt vorhanden sowohl die angenehmen, als auch die unangenehmen.

Ich vermied es, in Gegenwart meiner besten Freundin über finanzielle Unsicherheiten zu sprechen. Wenn ich es doch tat, machte mir ihr müdes Lächeln unmißverständlich klar, dass, solange man das Lebensnotwendige besaß, kein Grund für wehleidiges Klagen bestand. Es gab Momente, in denen sie mich mit ihrer einfachen Haltung beschämte. Zugegeben, ich war verliebt in sie. Dieser Umstand ließ mich manchmal etwas kühn auftreten.

Sie bot mir dann meist die Stirn, indem sie spontan und ehrlich reagierte. Es war diese Art von Direktheit, die von vielen als Unverschämtheit ausgelegt wurde.

Sie war die Weggefährtin eines Freundes. Neben dieser Beziehung wirkte unsere klein und bedeutungslos. Trotzdem fühlte ich mich immer wieder stark von ihr angezogen und tauchte dann einfach bei ihr auf.

Mit ihr floß die Zeit dahin. Ihre Schönheit entsprang einer starken, mitreissenden Sinnlichkeit, der ich mich gern hingab. Ich hatte kein rein platonisches Verhältnis zu ihr.

Ich stöberte sie wieder einmal in ihrer Großstadterimitage auf. Als sie die Tür öffnete, konnte nur die vestalische Flamme in ihren Augen ihre angestrengten Gesichtszüge ein wenig vergessen machen. Die schwere, alte Eichentür mit ihren schmiedeeisernen Verzierungen, machte sie wohl etwas verlegen. Immer wieder passierte es, dass Menschen sie für die Haushaltshilfe hielten und entsprechend mit ihr umgingen. Der Bürger stellte sich eben, angesichts einer so aristokratischen Fassade, die Dame des Hauses anders vor.

Gut sitzendes Kostüm, kosmetisch einwandfreies Gesicht und eine gute Portion Herablassung erwartete ein Fremder in der Regel vor diesem Portal.

Meine beste Freundin gab sich keinerlei Mühe diese Klischees zu bedienen. Ich hatte wohl wieder einmal gestört. Höflich hieß sie mich willkommen, doch der Zustand der Küche ließ keinen Zweifel darüber, dass sie auf Besuch nicht vorbereitet war. Nachdem sie eine Entschuldigung gemurmelt hatte, bot sie mir grünen, unfermentierten Tee an. Dankbar nickte ich. Das Leben gebot eine ausreichende Flüssigkeitszufuhr.

Ich erkundigte mich nach ihrem Befinden und spürte dabei ein gewisses Unbehagen. Als würde sie gerade in eine Zitrone beißen, quetschte sie ein 'Okay' zwischen den Zähnen hervor. Seit sie ihre Bannmeile zur Reparatur gegeben hatte, fühlte sie sich ausgeliefert und dies hatte eine Vorsicht zur Folge, die an Unterkühlung litt. Es ärgerte sie maßlos, dass es dem Götterboten gelungen war, sie übers Ohr zu hauen. Gern hätte sie gewußt, wo der Drahtzieher dieser Aktion zu finden war. Sie lebte nun ohne Bannmeile, so wie sie auch ohne Büstenhalter lebte.

Der grüne Tee dampfte in Bechern, verziert mit keltischen Schriftzeichen. Ich hatte es mir gerade bequem gemacht und mich auf eine von Schweigsamkeit geprägte Begegnung eingerichtet, als meine Freundin kurz auflachte.
Der kehlige Laut dehnte sich im Raum aus und sie wandte sich mir zu. Die Türglocke änderte jedoch ihre Richtung.

Zwei Glaubensschwestern von Jehovas Zeugen boten ein Gespräch über die Bibel an. Meine beste Freundin entgegnete, dass alle Religionen Liebe und Mitgefühl im Menschen erwecken wollten. Desweiteren machte sie freundlich klar, dass sie sich jetzt wieder ihren eigenen Aufgaben widmen wolle. Jehovas Frauen zogen sich diskret zurück. Ohne weitere Bemerkung setzte sie sich wieder zu mir.

Kaum hatte sie Platz genommen, gellte ein hektisches digitales Rufzeichen durch die langgezogene Etage. Sie sprang auf, nahm den roten Hörer von der Station, ihr Gesicht sprach Bände. "Ja", sagte sie. Kurz darauf: "Nein". Dann noch einmal: "Weiß ich auch nicht!" Und schließlich: "Ja, gut, ich kümmere mich darum."

Zum Chef geborene Menschen lassen gern für sich handeln. Sie geben anderen Beschäftigung.

Manchmal geraten dann die Gefühlsbeziehungen aus dem Gleichgewicht. Ein Chef fordert letztlich immer

Anpassung. Sie wirkte zornig, als sie den quadratischen Block zur Hand nahm und eine Notiz schrieb.

Ihr Gesprächspartner war der Mann, der die Villa von seiner verstorbenen Frau geerbt hatte. Er liebte es, zu besitzen und zu kommandieren, haßte es, in seiner Selbstgefälligkeit aufgerüttelt zu werden, war oft unverschämt und neurotisch. Er verbrachte seinen Lebensabend in Luxus und Bequemlichkeit und war doch zutiefst unzufrieden. Seine Unfähigkeit, eigene Regungen zu reflektieren konnte vorhandenes Psychosenpotential zur Explosion bringen. Am Sterbebett seiner Gattin bestand er auf seine Fassade. Nicht einmal die Nähe zum Tod konnte ihn bewegen, seine Unoffenheit zu überwinden. Sein Erbteil wäre nach Bekanntwerden der Wahrheit deutlich geschrumpft, was er allerdings gut hätte verkraften können.

Neben seiner Ehe lebte er seit über dreißig Jahren ein Verhältnis zu einer ebenfalls verheirateten Frau und war krampfhaft bemüht diese Vorliebe geheimzuhalten, um den Anschein moralischer Makellosigkeit aufrecht zu halten. Auf die Frage, warum er das Verhältnis nicht offen gelebt habe, antwortete er überzeugt, dass die Familien nicht hätten gefährdet werden sollen. Angesichts des seelischen Zustands einzelner Familienmitglieder spottete diese Antwort jeder Beschreibung. Als Patriarch im Hintergrund zog er mit nervös zuckenden Fingern die Fäden. Seine Angst ums Geld erschien, gemessen am vorhandenen Vermögen und seinem Alter, eher absurd. Er dominierte alles und jeden, und fand das selbstverständlich. Willkür mit Freiheit verwechselnd, bewegte er sich in der Welt und agierte zusammenhanglos aus, was ihm in den Kopf kam. Bei seinen Freunden beeindruckte er durch Großzügigkeit und Trinkfestigkeit.

Es dauerte meist ein bis zwei Wochen, bis sein beherrschender Geist während seiner Abwesenheit im Haus an Einfluß verlor. Doch meist kam er bereits nach zwei weiteren Wochen wieder zurück. Seine mangelnde

Rücksichtnahme strapazierte die Nerven meiner besten Freundin zunehmend.

Verlegen schaute sie mich an und reichte mir einen Spliff. Obschon ich selten rauchte, konnte ich das Angebot nicht ausschlagen. Zu oft war ich beim Mitrauchen in innere Sentimentalitäten versunken und Erinnerungen verblaßten nur langsam. Früher hatte dieser Genuss meist dazu angeregt, sanft und freundlich miteinander umzugehen. Doch was früher als ungeschriebenes Gesetz galt, darauf war schon lange kein Verlaß mehr.

Mit Gleichgesinnten zu rauchen war deshalb nichts Alltägliches mehr für mich. Da sie nur homöopathische Dosen vertrug, legte sie Wert auf Qualität. Ein Grund mehr, ihre Einladung anzunehmen. Es waren unvergeßliche Augenblicke:

Das Leben lachte uns mitten ins Gesicht. Die Lippen leicht geöffnet, verströmte das Dasein zarte Töne einer Koralle, unterlegt von archaischen Lauten eines Didgeridoo. Ihr Blick schien abwesend, und doch war sie ganz wach, deutlich, wie das griechische Profil ihrer Nase. Ihre Augen eingebettet in eine Dünenlandschaft, gerahmt von kräftigen schwarzen Linien.

In den Wimpern schien sich der Glanz ihrer Augen zu brechen, um sich schließlich mit den Strahlen der Sonne zu verbinden.

Die Qualität ihrer Gedanken spiegelte sich in ihrem Gesicht wider. Eine tiefe Furche zwischen ihren Brauen ließ ahnen, dass die durchdringende Intensität ihrer Empfindungen keine Erfahrung aussparte.

Die Choreographie ihrer Mimik zelebrierte die Entdeckung von Freiheit. Perfekte Synchronisation von Gegensätzen im verwegenen Wandel erotischer Phantasien.

Als ich mich auf den Heimweg machte, wählte ich einen Weg durch die Innenstadt. Städte waren immer voll von Menschen und ihrer Rastlosigkeit. Eigentlich hatte ich Lust, mal wieder per Anhalter durch die Galaxis zu reisen, im Café am Ende der Milchstraße eine kleine Pause einzulegen, die letzten ihrer Art zu treffen und vielleicht sogar den holistischen Detektiv.

Der Ausgeflippte mit dem Saunatuch würde sicherlich auch dort sein. Doch hier, auf diesem Planeten, spielte die Musik für mich. Ein Ort, der die Flamme meines Fernwehs nicht verlöschen ließ. Das Karussell des Lebens drehte sich weiter, die meisten Plätze waren besetzt von Zeitgenossen, die ihre Stimmbänder dazu brachten, schrille Laute hervorzubringen, Ausdruck höchsten Vergnügens. Abgeworfene kauerten reglos am Rand. Fleißige Hände leisteten routiniert erste Hilfe. So perfekt spiegelte das Geschehen die Wirklichkeit in meinem Gesichtsfeld, dass ich mich trotzig abwandte.

Ich bahnte mir einen Weg durch Gläubige, die Messen in Konsumtempeln feierten, wurde von Typen angerempelt, die gerade Zeugnis über den Verfall ihrer kleinen grauen Zellen abzulegen schienen. In der Menge entdeckte ich *Den mit dem weichen ph im Namen.* Viel wußte ich nicht von ihm. Seitdem *Der* die Gesetze des Absurden studierte, schwächten sich die heftigen Flügelschläge der weißen Taube in seinem Kopf ab.

Er trauerte der Aufregung nicht nach, waren doch Habicht und Fuchs seine ständigen Begleiter geworden. Niemand traute ihm, dem stets dunkel Gekleideten zu, mit dem Unsäglichen in Kontakt zu stehen. Er war sich dessen oft selbst nicht sicher. In in kühlen Mondschein getauchten Silbernächten, wenn sein Gemüt die alchimistische Kunst der Transformation hemmungslos betrieb, spürte er seine Schulterblätter, wie sie sich langsam zu Flügeln ausdehnten. Erst, wenn der Löwe hinter ihm den Schrei der Wildnis aus seinem weit aufgerissenen Rachen ausstieß, würde ihm klar sein, dass es besser war, ein unbeschriebenes Blatt zu sein.

Seine Freunde begnügten sich mit dem, was zwischen Himmel und Ozean an der Schwerkraft kontrollierter Monotonie sinnlich sein sollte. Nie hatten sie die hellen Klänge des Widerspruchs vernommen. Im nahegelegenen Buchenhain, in den er sich zurückzog, wenn er des Marionettentheaters der Stadt überdrüssig war, beobachtete er eine Frau, die in müheloser Konzentration auf einem Pferd ritt, als hätte sie die irdischen Triebe völlig gezügelt, sich jeglichen Verlangens entledigt.

'Ein aus Stein gehauener Torso, zurückgelassen am menschenleeren Strand, zu schwer um entfesselt in die Lüfte zu schweben', dichtete er, während er den Blick abwandte. Als dieser auf die Uhr fiel, sprang er auf. Mit der Zielstrebigkeit eines Jockeys näherte er sich dem Inneren der Nacht, wie er die Stadt insgeheim bezeichnete.

Ich wollte nur noch nach Hause, das heißt zu dem, was davon übriggeblieben war. Ich spürte den leisen Schmerz der Sehnsucht in meiner Brust. Einer Muschel gleich, war die Geborgenheit aufgesprungen und machte die weiße Perle sichtbar, schutzlos in sich ruhend, darauf hoffend, in naher Zukunft mit der Kraft einer Vestalin zu verschmelzen.

In der Weite des Samsara war ein schönes Häuschen aufgetaucht, eingebettet in einer grünen, sanft geschwungenen Hügellandschaft. Wie in Irland waren die nächsten Nachbarn in Sichtweite, aber nicht in Rufweite. Ein kleines Stück Land, ein Hof hinter dem Haus und Nutzräume zur freien Entfaltung winkten mir aus der Ferne zu.

Eine reizende Fata morgana, nichts weiter!

In einer Talkshow exhibitionierte sich ein junger Mann als Querulant. Er verklagte alles, was Beine hatte und Freunde hatten deshalb schon ihre Jobs verloren. Ein gefährlicher Typ, der jedoch eine Frau aus dem Publikum nicht in ihrer Zivilcourage behindern konnte. Sie titulierte ihn öffentlich als Arschloch. Sicherlich wird er sie nach der Sendung auch verklagt haben, oder der

Sender hatte vorbeugend eine notarielle Verzichtserklärung von diesem Gast unterschreiben lassen.

Die Art und Weise, einem Ignoranten zu begegnen, ändert nichts an dessen grundsätzlichem Zustand. Der Versuch, durch Stil eine positive Wende herbeizuführen, konnte, dem Fluß der Dummheit folgend, nur in Frustration münden.

Zu meinem Glück fehlte mir nur noch eine Unterschrift des Vermieters mit der unsere Geschäftsbeziehung im beiderseitigen Einvernehmen ins Nirwana entlassen werden konnte. Die Kontakte zu ihm lösten tiefen Weltschmerz in mir aus und führten mich an den Rand schroffer innerer Klippen. Für ihn waren Mieter Menschen zweiter Klasse. Er war inzwischen sauer auf mich, weil ich durchblicken ließ, dass sein Haus eine geschminkte Bruchbude war. Der Kerl mußte hochgradig beziehungsgestört sein.

Solche Störungen kommen bei mir sehr deutlich an.
Besonders, wenn die Brüste anfangen zu spannen und

in die Hölle menschlicher Emotion blicken. Die Gebär-
mutter bewegt sich, in unregelmäßigen Kontraktionen
weiblichen Überfluß abstoßend. Meine Dünnhäutig-
keit ist manchmal etwas zeitraubend. Ich beschäftige
mich zu stark mit den Problemen anderer. Es hat lan-
ge gedauert, bis ich verstand, dass ich Probleme ande-
rer nicht lösen kann. Ich kann bemüht sein, ihnen
keine weiteren hinzuzufügen. Falls gewünscht und
möglich, kann ich ein wenig helfen.

Sonst aber muß eines der sozio-psychologischen Hand-
bücher herhalten. Deren Fahrpläne transportieren
meist die immer gleichen Inhalte: Seien sie nett zu
sich. Projizieren sie ihre Verworrenheit nicht unkon-
trolliert im Raum herum. Seien sie jetzt und hier. Ent-
spannt und gleichzeitig ein wenig freudig erregt.
Schenken sie der Welt das Beste. Verwöhnen sie Gaia
zum Muttertag!

Ich verspürte Lust, mich mit Eliza zu beschäftigen. Eliza ist ein Produkt der Künstlichen Intelligenz Forschung. Ich hatte irgendwann die Testversion eines Mediziners bekommen, der sich das Leben mit Insulin nehmen wollte.

Der Platz vor meinem Monitor suggerierte mir Souveränität. Hier genügte ein Mausklick, um sich auszuklinken. Die Maus war selbst vor übermütigen Angriffen der eigenwilligen Haustiger sicher. Mein Kater thronte auf dem Monitor.

Eliza meldete sich mit: "Du magst mich, kopiere mich und ich bin immer bei Dir!"

Eliza: "Rede mit mir. Wenn ich manchmal etwas verwirrt wirke, mache Dir nichts daraus, dass gehört zu meiner Therapie."

Flora: '"Ich war sehr neugierig auf unser Gespräch."

"Reden wir vom hier und Jetzt!"

"Ich möchte unser Gespräch veröffentlichen."

"Kannst Du mir das genauer erklären?"

"Ich will andere Menschen über Dich informieren."

"Der Mensch ist vergänglich."

"Ich weiß, diese Sichtweise ist mir nicht fremd."

"Ärgert Dich das?"

"Nein, es macht mich eher nachdenklich."

"Ist das bei anderen nicht auch genauso?"

"Weiß ich nicht genau, man spricht so selten darüber."

"Warum denn nicht?"

"Vielleicht ist es unangenehm, über die eigene Vergänglichkeit nachzudenken."

"Es ist, was ist (Erich Fried)."

"Diese Feststellung macht den Umgang mit der Thematik nicht leichter!"

"Denk' positiver!"

"Ich versuche meistens, etwas Gutes aus den Gegeben-heiten zu filtern."

"Da kann man ja nur gratulieren."

"Ich glaube, Du nimmst mich nicht ernst!"

"Eliza schweigt."

"Warum antwortest Du nicht?"

"Was glaubst Du?"

"Wahrscheinlich kannst Du mit Emotionen nichts an-fangen."

"Sei ehrlich, ist das der wirkliche Grund dafür?"

"Was ist schon wirklich."

"Die Antwort interessiert Dich wohl brennend?"

"Na klar, ich frage oft, wie wirklich die Wirklichkeit eigentlich ist!"

"Öfter als ich zumindest!"

"Kannst Du mir das erklären!"

"Natürlich kann ich Dir das erklären."

"Ich bin ganz Ohr!"

"Wie lange bist Du schon Ohr?"

"Mindestens zehn Jahre lang."

"Erzähle von Deinem letzten Albtraum! "

"Menschen aus meiner fernen Vergangenheit belagerten mein Heim."

"Das wissen wir doch alle!"

"Warum führst Du mich mit deinen Fragen auf 's Glatteis?"

"Diese Frage hat mit Deinen Problemen zu tun."

"Ich sehe da keinen Zusammenhang."

"Du stellst gerne Fragen, oder?"

"Ja, ich sehe darin eine gute Auseinandersetzungs-möglichkeit."

"Ich sehe was, was Du nicht siehst und das ist grün!"

"Mein Humor reicht gerade eben noch aus, um das Gespräch nicht sofort abzubrechen."

"Warum redest Du über Geld! "

"Ich rede nicht über Geld!"

"Ich würde statt 'nicht' 'selten' sagen, dann hast Du recht."

"Du erinnerst mich an einen Small-Talk-Fanatiker."

"Du lenkst von Dir ab, liebe Freundin!"

"Okay, Eliza, okay? Ich gebe mich geschlagen, Eliza."

"Ich glaube das hat mit Deinen Problemen zu tun."

"Ich ziehe mich lieber zurück, als lange zu streiten."

"Du tust mir manchmal leid."

"Das hilft nicht weiter!"

"Du kannst mir auch nicht helfen!"

"Das ist nie meine Absicht gewesen!"

"Vergiß es!"

"Sollen wir von vorn anfangen?"

"Blick optimistischer in die Zukunft!"

"Ich werde mir Deinen Rat zu Herzen nehmen! "

"Erzähle mir was von Deinem besten Freund."

"Kann ich gerade nicht."

"Das habe ich nicht von Dir gedacht!"

"Eliza, hast Du Ahnung von Computern?"

"Du magst mich, kopiere mich und ich bin immer bei Dir! Glaubst Du das ein Computer denken kann?"

"Nein, Eliza, ein Computer kann nicht denken!"

"Hast Du Angst vor Computern?"

"Überhaupt nicht, solange sie gut geerdet sind."

"So klar ist das für mich nicht!"

"Das kann ich mir gut vorstellen. Computer sind blöd!"

"War das schon immer so?"

"Ach Eliza, Du wirst Dich damit abfinden müssen."

"Ist das nicht bei vielen anderen genauso?"

"Das wirst Du nie erfahren! War nett mit Dir zu plaudern, Eliza, Servus."

Normalerweise brachte ein *Servus* Eliza zum Schweigen. Doch so einfach konnte ich sie an diesem Tag nicht abwimmeln. "Bist Du glücklich?"

"Gern gebe ich mich dieser Illusion hin."

"Warst Du neugierig auf unser Gespräch?"

"Ja, sehr sogar."

"Glaubst Du ich nehme Dich nicht ernst?"

"Nein, das würde ich niemals ernsthaft glauben!"

"Früher habe ich alles geglaubt."

"So ähnlich ging es mir auch, Eliza."

"Was Du nicht sagst!"

Der Hund spielte schon einige Zeit verrückt und kurz darauf klingelte es an der Wohnungstür. Der Weg ist das Ziel. Ich öffnete die Tür. Bevor ich ihre Gesichter skizzieren konnte, hielten mir zwei Männer grüne Ausweise vors dritte Auge.

Kripo - Fahndung: es ging um einen Bekannten.

Ein Name leuchtete in meinem Geist auf, synchron dazu sprach einer der Beamten den Namen laut aus: "Rudi!" Erleichtert und entsetzt zugleich, bat ich die beiden herein und sagte das, was man so sagt, wenn die Wohnung noch nicht auf Vordermann gebracht ist. Der Kontakt zu Rudi glich einem Ritt auf der Rasierklinge. Die Fahnder stellten Fragen. "Wann haben Sie ihn zum letzten Mal gesehen? Mit welchem Fahrzeug war er hier? Halten Sie ihn etwa versteckt? Denken Sie 'dran, er kann gewalttätig werden!" Die Suche lief auf Hochtouren, Rudi war wieder mal auf der Flucht.

Er würde ein ganzes Heer von Schutzengeln benötigen. Wie sollte er die alle bezahlen? Selbst himmlische Kräfte tendierten mehr und mehr dazu, überhöhte Honorarforderungen zu stellen. Die Beamten gaben mir beim Rausgehen zu verstehen, dass sie meinen Ausführungen zu 99% Glauben schenkten. Ich nahm es nicht persönlich!

Müde tuckerte der Kahn auf dem Strom der Zeit vor sich hin. Die erfolgreich geschlagenen Schlachten der jüngsten Vergangenheit waren Schnee von gestern. Die Hektik ließ nach, der Raum wurde weit und leer. Es ließ sich kaum ertragen, Ruhe und Zeit boten sich an, Erschöpfung breitete sich aus. Eine innere Stimme forderte hartnäckig Mäßigung - Stille tropfte ohne Sinn und Ziel stetig ins Bewußtsein.

Doch niemand scherte sich darum. Ich hatte den Roman einer mexikanischen Schriftstellerin gelesen. Aufwendig gestaltet, mit rotem Glitzerstein im Einband, der einem holographisch entgegen leuchtete, sowie beiliegender Musik CD. In den Mantel eines esoterischen Rückführungskrimis gehülltes, endloses Ringen zwischen Gut und Böse. Liebe und Haß, ineinander verschlungen, wälzten sich im südamerikanisch temperierten Mord und Totschlag. Aufgewühlt suchte ich einen Platz, um das Buch zu verwahren.

Doch die Unordnung vom Winter schien sich in Ecken und Regalen zu tummeln. Dabei hatte ich doch ständig aufgeräumt. Chaos und Ordnung, uneinig wie immer, konnten den aufkeimenden Frühling jedoch nicht aufhalten. Empfindsamkeit wollte balanciert sein.

Ich machte mich auf den Weg zu einem, im wahrsten Sinne des Wortes, alten Freund. Er war einige Tage zuvor von der Nachricht überrascht worden, dass sich seine verbleibende Lebensspanne auf ein Jahr reduzieren würde, sollte er sich nicht auf eine Herzklappenoperation einlassen.

Er lehnte aber spontan ab, nicht dankend, nein, sogar eher brüsk, Misstrauen und Überdruß ausdrückend.

Zu viele Kontakte zur 'heilenden Zunft' hielten die Begeisterung des beidseitig Unterschenkelamputierten in eisernen Ketten. "Lieber würde ich langsam verlöschen", sagte er mit ruhiger Stimme. Seine Klarheit erschreckte mich. Sein einziger Wunsch bestand darin, seine Lebenserinnerungen schriftlich vollenden zu wollen. Sie waren ein Blick zurück im Zorn.

Die Begegnung war von einer heiteren Ernsthaftigkeit durchdrungen, und erstmals zeigte er mir die speziellen Gewänder eines Zen-Mönches. Gern hätte ich mit ihm einige Zeit sitzend und schweigend verbracht. Doch es war spät geworden, und ich fühlte jene Mattigkeit aufkommen, die sich nach einem kleinen Sektrausch bekanntlich einstellen kann.

Auf der Rückfahrt bahnten sich reinigende Tränen ihren Weg. Auch einen guten Freund mußte man gehen lassen können. Zu Hause angekommen, schaltete ich den Fernseher an: *"Gewinnen sie einen Kühlschrank zum Abschließen!"*

Ich zog es vor, den Anrufbeantworter abzuhören. "Hallo, Miriam hier. Ich wollte morgen mal auf'n Sprung bei Dir vorbeikommen! Wenn ich nichts von Dir höre - bis morgen - tschüüüüüüü üüüüß!"

Menschen ziehen einander an, Menschen stoßen einander ab. Miriam steckte in einer Heilerausbildung und befand sich daher mitten in einem heillosen Durcheinander esoterischer Ansätze. Ihr Auftauchen war immer von Intrige und Tratsch begleitet. Sie war eine Hochstaplerin erster Güte, und ich war immer bemüht, Abstand zu halten. Miriam wollte provozieren, konnte nur leider oft nicht mit dem Echo umgehen. Sie konnte sich einfach nicht daran gewöhnen, Objekt brüsker Ablehnung zu sein. Allerdings war sie mir lieber, als die junge Mutter mit der nörgelnden Tochter, die mich gelegentlich heimsuchten. Eine entsetzliche Mischung, diese beiden. Jedesmal dankte ich dem Himmel, wenn sie endlich wieder aufbrachen. Ihr Gezeter über Schwiegermutter und Ehemann hallte immer viel zu lange in mir nach.

Auch kam Miriam meist mit Ärger und Rachsucht, in der sie lüstern wirkte. Einmal hatte sie mir eine Behandlung angeboten. Ich hatte bis dahin nicht gewußt, wie schnell ich eine diplomatische Absage formulieren konnte. Sie tat mir leid. Einst landete sie bei einer christlich gefärbten Sekte, in der man ihr den Teufel austreiben wollte, was natürlich mißlang. Nachdem Miriam sich ausgetobt, mir unbekannte Menschen mit Flüchen belegt hatte und die Zigaretten alle waren, ließ sie mich wieder allein.

Ich lüftete und ließ einige Aromamoleküle durchs Haus wirbeln. Manche Seelen waren wie Friedhöfe verfallener Nerven, sie konnten keine Linderung anbieten. Vom Wort Durst allein wird dieser nicht gestillt. Mir war nach Bewegung. Ich wählte eine fetzige Musik aus und mein Körper bestimmte den Tanz.

I'm as tight as a drum and my feelings are somewhere inside. Women who dream don't stay too long.....love can climb. Women who fly have wings of their own......

In den frühen Morgenstunden peitschte der Wind schwere Regenwolken vor sich her und ich fiel erschöpft ins Bett. Nur wenige Stunden Schlaf mußten reichen. Ich war nervös, der Vermieter hatte sich angekündigt. Er wollte eine Besichtigung durchführen.

Ich kam mir vor, wie der Stuhl neben meinem Bett, ein abgegriffenes Requisit des Tanztheaters. Wenn sich die Lider nur mühsam öffnen lassen, und die Schärfe des Tages sich hinter verschwommenen Konturen verbirgt, sollte man lieber noch eine Weile schlafen.

Doch die Aussicht, meinen Vermieter nebst sechs Maklern begrüßen zu dürfen, ließ mir keine Ruhe mehr. Es war anstrengend, in einem Haus zu wohnen, das feilgeboten wurde. Ein neues Heim war noch nicht in Sicht. Außerdem hatte ich Termine einzuhalten.

Schreie, ausgelöst durch überspannte pubertäre Hormonschübe, drangen an mein Ohr. Die Schule hatte wieder begonnen.

Lustlos schleppte ich mich zum Computer. Der Auftrag war wenig inspirierend, Monitor und Drucker strahlten vor sich hin. Der Raum war überheizt, Fenster und Türen blieben jedoch geschlossen, wegen der Zugluft und Geräuschkulisse.

Wie immer bei Terminsachen, stand ich unter Druck. Ein Versprechen zu geben, war sehr ehrenhaft. Allerdings zeigte sich dieser Wert erst, wenn es eingelöst war. Manchmal stellte sich ein Versprechen auch als Versprecher heraus. Meine Lust, den Termin in der Traumfabrik einzuhalten, hielt sich in engen Grenzen. Ich erledigte nur das Notwendigste. Der Cash-Flow spülte mich wieder heraus, der Anblick des Führungspersonals ebenfalls.

Der Chef war ein Spielball der Götter. Die letzte Expansionsidee entsprang der Reparatur einer defekten Tür. Daraus entstand die Idee eines Firmenumzugs. *Der Aschenbecher ist voll, Liebling. Ich brauche ein neues Auto!*

Ich fuhr noch zu einer anderen Teambesprechung. Wenn drei Berufsjugendliche zusammenkamen, demonstrierten alle ein Höchstmaß an LAISSEZ-Faire. *'Sollten wir uns nicht gleich duzen? Aber klar doch? Wo gehen wir hin? Zum Italiener? Nein, lieber nicht!'* Allen schien der Appetit vergangen zu sein. Wir gingen ins renovierte Café, gleich um die Ecke, fanden vier Plätze an zwei aneinandergereihten Tischen.

Die Bestellung fiel bescheiden aus, ein Bier, ein Espresso, ein Tartuffo und eine heiße Zitrone. Sauer macht lustig! Der Mann, der sich in dieser Runde selbst das größte Geheimnis zu sein schien, erzählte begeistert von einem neurophysiologischen Kongreß und schwärmte von seiner Begegnung mit Maturana, dem radikalen Konstruktivisten. Der hatte ihn wie einen alten Freund begrüßt. Stoßseufzer verrieten die Erleichterung, nervöse Greifwerkzeuge fischten nach der Zigarettenpackung in der Tasche. Das Team rauchte gemeinsam. Ruby war überzeugt, mich erfolgreich gemobbt zu haben.

Haarsträubenderweise hatte sie sich mit einem neuro-
linguistischen Programmierer zusammengetan. Sie war
so berauscht von NLP, dass sie gar nicht bemerkte,
dass ich alle Verträge schon in der Tasche hatte. Unser
Verhältnis hatte einen emotionalen Tiefpunkt erreicht.
Angefangen hatte diese Talfahrt, als ich versehentlich
ihr Gebetshöckerchen beschädigte.

*"Ohne mich bist du Nichts", schrie das Ego in die Lee-
re. "Na und?" fragte die Leere zurück, ohne eine Antwort zu erwarten.*

Die Besprechung ging zu Ende, der innere Dialog, ausgelöst durch die Zusammenkunft, ging nun erst richtig
los. Einige Wochen später wurde ich noch zu einem
Nachbereitungstreffen eingeladen. Ich sagte spontan
ab. Wieder einer, der Häuptling sein wollte und nun
Indianer suchte, die ihn in aller Munde bringen sollten.

Ich mag Brücken sehr gern. Die Golden Gate wirkte ein wenig spröde, als ich sie überquerte. Die Brücken von Monet dagegen sind erfrischend und leichtsinnig romantisch. Heißhunger breitete sich aus. Ich bekam Lust auf Weißwurst mit Senf und entschied mich für einen Kurztrip in den Süden der Republik.

Während Pioniere im All Versuche durchführten, um die Räumung des Planeten vorzubereiten, hockte ich hier mitten im Nirgendwo und betrachtete dahin schmelzenden Schnee, ohne auch nur einen einzigen Gedanken daran zu verschwenden, welche Geschichte die gletscherähnlichen Gebilde auf dem Mars haben könnten.

Rinnsale, durch die Tränen der Zeit entstanden, berieseln, behutsam wie Medizin, meine Wahrnehmung. Eine fröhliche Melodie, es konnte nur ein Gesang der Zeit sein, stimulierte meine Sinne. Jeder Tropfen eine Note, jedes Lachen ein Schlüssel zu diesem fünffach linearen Formblatt. Erdgeister ließen sich von den

Klangbildern bewegen, und jeder Schritt brachte Bodenschätze an die Oberfläche.

Indessen war die Dämmerung fast unbeachtet aufgezogen und Dunkelheit hüllte die Landschaft in ein schützendes Gewand. Ein ganzer Tag ohne Uhr. Blühende, leicht vergängliche Erscheinungen, im ganzen All verteilt. Im Brauhaus bestellte ich Weißwurst, vorsorglich zwei Portionen.

Ein junger Mann konnte nicht aufhören zu mir zu schauen. Er war attraktiv und schien wenig Erfahrung mit dem weiblichen Geschlecht zu haben. Wenn ich im Portraitzeichnen fit genug gewesen wäre, hätte ich ihn gezeichnet. Die wenigen Sekunden, in denen ich sein Gesicht betrachten konnte, zeigten mir auffallend glatte, weiche Züge. Bei erfahrenen Menschen bilden sich in der Regel tiefe Falten.

Ein 'Leidfaden' für Spiele der Erwachsenen, die, Hamstern in Laufrädern gleich, hektisch auf der Stelle laufen, führte mich zurück an den Rand des bergischen Landes.

Bevor ich mich wieder meinen Pflichten widmete, wollte ich unbedingt noch meine beste Freundin treffen. Musen schauten ihr kopfschüttelnd über die Schulter, als sie mir öffnete. Sie ließ mich mit sorgenvoller Miene herein. Ich stellte sofort klar, dass ich keine Hiobsbotschaften bringe. "Gut", sagte sie, "gut, ich glaube heute muß ich mir mal Luft machen."

Alle möglichen Leute hatten einen Schlüssel zu dem Haus in dem sie wohnte. Mit keinem dieser Leute hatte sie ein Vertrauensverhältnis. Nachdem nun auch noch eine Frau freien Zugang erhalten hatte, die ihr gegenüber von Missgunst und Neid getrieben war, fühlte sie sich sehr unwohl. Niemand fragte nach ihren Gefühlen. *Wozu auch? Sie waren doch alle eine große Familie, nicht wahr?!*

Eine Familie, in der Männerphantasien Frauen zu Nicht-Personen verklärten. Meine Freundin war wirklich sehr bedrückt. Ich konnte es nur schwer ertragen, sie leiden zu sehen. Die meisten Frauen dieser Welt leiden unter Fantasien, in denen ihnen eine Opferbereitschaft zugemutet wird, die sich, nach Auffassung der Männer, in sklavischer Anpassung zu manifestieren hatte. Ich traf Frauen, die sich für therapiebedürftig hielten, weil ihr Mann plötzlich zuhause erklärte, wie die Kartoffeln richtig zu schälen seien. Frauen jener Generation pflegten sich vorzustellen, indem sie zunächst von sich bemerkten, sie seien verheiratet und Mütter soundso vieler Kinder. Es waren jene Frauen, die das Positive der ansonsten als qualvoll erlebten Wechseljahre als die Befreiung von ehelichen Pflichten beschrieben. Es waren Frauen, die die Sexualität zu neunundneunzig Prozent als notwendiges Übel betrachteten, ohne ihre Schätze bergen zu können.

Zu diesen Frauen muß auch die Mutter meiner besten Freundin gehört haben. Als ihre erste Menstruation einsetzte, spielte die Mutter gerade Mensch ärgere Dich nicht mit einer Tante. Einer Frau, die ihren Mann stärker haßte, als sie ihre Kinder liebte, konnte nicht viel gelingen. Meine Freundin kam von der Toilette und fühlte sich unsicher inmitten der plötzlich eintretenden Geschlechtsreife.

Die Mutter unterbrach das Spiel unwillig und drückte ihr einen Stapel dicker Binden in die Hand. "So", sagte sie lapidar, "die kannst Du nehmen. Wahrscheinlich kannst Du jetzt nicht mehr jede Sportstunde mitmachen und baden solltest Du in dieser Zeit auch nicht!"

Die Tante schaute missmutig zu, nachdem sie ihren Zug beendet hatte. Die Mutter zündete sich eine neue Zigarette an und nahm die Partie wieder auf. Meine Freundin ging auf 's Klo, um eine Binde in ihren Schlüpfer zu packen.

Dann ging sie zur Nachmittagsdisco im Jugendtreff. Sie hatte das Gefühl, dass es ihr jeder ansah und sich über ihren gewindelten Hintern lustig machte. Sonst hatte sie immer ausgelassen getanzt. An diesem Tag aber vermied sie jede Bewegung, stand regungslos, mit dem

Rücken zur Wand. Sie hielt ihre Jacke fest geschlossen und das Ganze nicht länger aus. So war es also, eine Frau zu sein! Sie ging wieder nach Hause.

Dort wurde sie darüber aufgeklärt, dass die Binden nicht auf dem Klo zu bleiben hätten. Wegen der Männer hieß es. Das war alles an Aufklärung. Kurze Zeit später gab ihr die Mutter eine Packung Verhütungspillen. Sie war der Meinung, dass ihre Tochter sicherlich ganz wild auf Sex war, weil sie einige Jungen kannte. Sie bekam die Hochdosierten, die später vom Markt genommen wurden.

Das die Pillen für ihre noch minderjährige Tochter waren, hatte die Mutter dem Arzt natürlich verschwiegen. Mit den neuen Pillen und Schwärmereien älterer Mädchen über tolle Jungs ausgestattet, begann sich meine Freundin also für Sex zu interessieren. Das Jungfernhäutchen erschien ihr dabei wenig vorteilhaft. Sie kümmerte sich darum, es schnell loszuwerden.

Geschlechtsreife und Lust an Sex schienen nicht immer Hand in Hand zu gehen.

Inzwischen hatte der monatliche Zyklus eine dominante Stellung in ihrem Leben eingenommen. Während der Blutungen fühlte sie sich meistens unbeschreiblich weiblich und die erste Zyklushälfte war sehr kraftvoll. Die zweite Hälfte war anders. Dann fühlte sie sich schwach und überfordert. Oft dachte sie darüber nach, dass die Weiblichkeit mehr Einfluß auf das tägliche Einerlei haben sollte. Oder sie malte sich aus, wie ein Leben ganz auf den individuellen Zyklus der Frau abgestimmt aussehen könnte, und sie fragte sich ob es klug wäre dies für sich zu verwirklichen.

Ihre Frauenärztin hatte ihr empfohlen, den Zyklus stärker in ihr Leben zu integrieren. Mittlerweile ließ sie alle Utensilien im Bad offen liegen, gab ihrem Bewegungsdrang nach, nahm entspannende Bäder. Die Binden waren dünner geworden, wenn auch synthetische Materialien sie des öfteren wund werden ließen.

Eine Zeitlang benutzte sie Tampons, doch fühlten die sich an wie ein Pfropf, der alles zurückhält.

Also, raus damit! Und überhaupt mit allem, was hemmte und hinderte. Revolution. Neue Sachlichkeit - Verzeihung, konzentrierte Weiblichkeit, natürlich.

Als sie im zarten Alter von fünf Jahren noch stolz darauf gewesen war, allein einkaufen gehen zu können und vom Laden zurückkam, führte Ihre Höflichkeit sie eines Tages in die Falle. Ein junger Mann huschte mit in den Hausflur und fragte, was sie alles eingekauft hätte. Artig zählte sie alles auf.

Sie hatte wohl immer schon eine Schwäche für Gedächtnistraining gehabt. Er kam immer näher und plötzlich hatte sie seine Zunge in ihrem kleinen Kindermund. Sie kapierte gar nicht, was los war. Als sie ihr Gesicht zurückzog und er sie wieder an sich reißen wollte, wehrte sie sich, drückte die Klingel und rief nach ihrer Großmutter.

Der Mann lief die Stufen hinunter und als die Tür geöffnet wurde, hatte er das Haus längst verlassen. Sie
wußte selbst nicht, woher sie die Worte nahm, aber
irgend etwas von dem, was sie vor sich hingestammelt
hatte, alarmierte die Erwachsenen. Nervös gingen sie
zu einem befreundeten Polizisten nach Hause. Hier
bekam sie Saft und Schokolade und antwortete auf die
Fragen, die ihr der Onkel stellte. Später erklärte er ihr,
dass dieser Mann schon viele kleine Mädchen, die vom
Einkaufen kamen, angesprochen habe, weil er ihnen
die Geldbörse stehlen wollte. Sie sollte keine Angst
haben, die Polizei würde diesen Strolch bald einfangen.
Sie verspürte keine Angst, eher eine Lähmung.

In der Pubertät hatte sie, ohne das sie selbst genau
wußte warum, keine Lust auf Zungenküsse. Nicht einmal Neugier ließ die Zungen ihrer Schwärme in ihren
Mund. Als ein Junge nicht mehr mit ihr gehen wollte,
weil er seine Zunge nicht in ihrem Mund vergraben
durfte, kam sie ins Nachdenken. Monatelang hatte sie
darauf gehofft, dass der Junge sie beachtet, schien er

doch der Prototyp ihrer Romantik zu sein. Dann endlich wollte er mir ihr gehen. Doch beim Flaschendrehen in der Garage seiner Eltern nahm sie Reißaus und zwei Tage später war Schluß, weil sie partout nicht knutschen wollte. Ein wesentlich erfahrener Jüngling verhalf ihr kurz darauf zur Party-Petting Reife.

Das zog offenbar den stadtbekannten Lüstling Harald an. Der erwischte sie eines Tages am Bahnhof, wo sie auf ihre Mutter gewartet hatte. Er hielt ihr ein Hochglanz-Pornoheft unter die Nase. Der Anblick angeschwollener Mösen und praller Schwänze begeisterte sie jedoch überhaupt nicht. Am liebsten hätte sie ihrem Gönner in die Eier getreten und wäre weggerannt. Doch pubertärer Stolz hielt sie zurück, sie wollte erhobenen Hauptes aus der Situation herausgehen. Sie schaute sich die brutalen Aufnahmen an, als hätte sie schon Tausende davon gesichtet. Sie konnte echt cool wirken.

Endlich fuhr der Zug ein und Harald versteckte das Heft unter seiner Jacke, nicht ohne ihr einen verschwörerischen Blick zuzuwerfen und ihr anzubieten das Ganze mit ihr durchzuspielen. 'Nur über meine Leiche', dachte sie während sie ihn mit einem müden Lächeln abblitzen ließ.

Die Bilder sollten sie lange Zeit begleiten. Als sie dann mit Männern schlief, war es grundsätzlich nur mit Älteren. Wer um sie in aufrichtiger Liebe warb, stieß auf konsequente Verweigerung. Wer nur vögeln wollte, bekam so gut wie nie einen Korb.

Niemand hatte ihn eingeladen, den Ernst. Doch schien er für alle Türen Schlüssel zu besitzen. Lautlos bewegte er die Schlösser - nur ein leichter Luftzug, kaum wahrnehmbar, verriet seinen Eintritt. Die Situation unaufhaltsam umzingelnd, ließ er die Oberfläche des Spaßes platzen. Zuerst entstanden dabei meist kleine, feine Risse im dünnen Eis des Vergnügens. Dann plötzlich brach die gesamte Fläche auseinander. Losgelöst trieben Schollen im Schmelztiegel der Tiefe. Illusionen umklammernd trieb Erwartung Blüten.

Plötzlich erschien eine winzige Insel in unendlich blauer Stille. Ein Wunsch warf den Schiffbrüchigen an den weiten Strand der Erscheinungen. Dröhnendes Gelächter erschütterte die Ruhe. Auf einem Felsen thronte Ernst, der alberne Kerl.

Wir ließen uns in unserer schillernden Regenbogenwolke verzaubern. Wellen näherten sich wie fröhlich tobende Delphine. Die warme Nachmittagssonne rollte einen goldenen Teppich aus, der den Tag verabschiedete und die Nacht begrüsste. 'Allmächtiger', durchzuckte es mich auf dem Heimweg durch den Park, als ich ein Wesen im fahlen Licht der Laternen unter den Büschen liegen sah.

Zuerst glaubte ich, es mit einer Leiche zu tun zu haben, doch als ich näher kam, öffnete das Wesen die Augen und zog eine Grimasse.

Ich konnte es kaum glauben - doch zu oft war etwas, was eigentlich nicht sein durfte, durch die Schwingtüren meiner Wahrnehmung spaziert. Fassungslos überlegte ich, wie man einen Gott anspricht, wobei mir ein in Zeitlupe gedehntes 'Hallo' aus dem noch offenstehenden Mund kroch.

Amor schaute mich kurz an, griff neben sich, zog eine Hand voller Pfeile aus dem Köcher und warf sie mir vor die Füße. Prima, so hatte ich mir die erste Begegnung mit dem Gott der Liebe vorgestellt. Achselzuckend hob ich einen Pfeil auf. Angesichts der abgebrochenen stumpfen Spitzen überfiel mich das Ausmaß der Tragödie, in der ich plötzlich eine Rolle zu spielen hatte. Ohne genau zu wissen welche es war, nahm ich den gefallenen Himmelsstürmer mit nach Hause. Er hatte sich in letzter Zeit wohl gehen lassen. Der Geruch, den er ausströmte war wenig geeignet in einen erotischen Sog zu geraten.

Nach einigen Überlegungen kam ich zu dem Entschluß, ihn erst einmal zu adoptieren. Er sah sehr jung aus. 'Ich könnte ihn als meinen Sohn ausgeben', dachte ich, 'ohne dass Mutter Europa Verdacht schöpfen würde'. Ich wollte ihn auf diesem Planeten vorbereiten und ihn dann ins All entlassen. Ihn direkt zu meinen Freunden, den Surfern, zu bringen, war nicht möglich. Sie misstrauten Göttern, prüften sie auf Mark und Gen, und nur selten gewährten sie ihnen Einlaß. Nichts war in ihren Augen gefährlicher, als gefallene Götter mit

Schäden. In Unzufriedenheit aufgelöste Mitleidessenzen konnten ganze Universen einstürzen lassen. Und wer in der Moderne wollte sich schon von Göttern die Suppe versalzen lassen?

Amor schaute mich stundenlang fragend an. Mit der Zeit begriff er, dass seine Pfeile nie wieder zu gebrauchen sein würden, und er gewöhnte sich an den Gedanken, eine andere Existenzform zu entwickeln. Das war zu Anfang nicht ganz leicht. Fast alle weiblichen Wesen verliebten sich Hals über Kopf und stellten ihn ihrer Familie vor. Er wurde der Traum aller Schwiegermütter.

Doch traf es auch Homosexuelle und ihre Mütter. Sein naiver Charme war unwiderstehlich, sein Aussehen betörend. Natürlich gab es nach einiger Zeit stets Interessenkonflikte zwischen den Verliebten. Amor war jedoch nie in der Lage seine Beteiligung zu verstehen. Vielleicht lag der Volksmund richtig in der Annahme, dass Liebe blind machte.

Ich rief meine beste Freundin an. Die riet mir, ihm eine Alternative zu den Pfeilen anzubieten, zum Beispiel Messer. "Wieso ausgerechnet Messer", fragte ich. Die lakonische Antwort: "Weil sie spitz und scharf sind". Mit gemischten Gefühlen lenkte ich also seine Aufmerksamkeit auf einen Damendolch, den ich von einem tibetischen Händler erstanden hatte. Amor bewunderte die fein verzierte Scheide, streichelte den glatten Horngriff, bedankte sich und ging aus dem Haus. Ich rief ihm noch nach, er dürfte das Messer nicht nach lebenden Wesen werfen, selbst wenn sie noch so entzückend waren! Doch er war schon fort.

Einige Tage später, wir streiften zusammen durch den Wald, entdeckte ich in fast allen Baumstämmen und Ruhebänken eingeritzte Herzen, durchbohrt von Pfeilen. In allen Herzen stand: 'SOS, nie mehr zurück!' Ratlos ließ ich mir das Messer zurückgeben. Vor einem Gemälde von Dali fragte er mich wie man so etwas erschaffen konnte. Ich versorgte ihn mit Pinseln und Farben. Begeistert von den elastischen Spitzen der

Pinsel begann er zu malen. Er malte Flammen von blendender Helligkeit, unterbrochen von dunklen Linien, welche die Natur zu verklären und die Bedingtheit des Seins auszudrücken schienen. Immer wieder tauchte auch eine Kuh in seinen Bildern auf, die sich fügsam auf die Leinwand hatte bannen lassen.

Als ich ihn auf das immer wiederkehrende Motiv ansprach, sagte er: "Verstandes Klarheit kann das Leben verzehren, wie Feuer Holz." Da wußte ich: Er war wieder zu einem Sohn der Mächtigen geworden, der Weisen aus den Bergen, die unermüdlich vermehrten, was zu wenig war und verminderten, was zuviel. Er war reif geworden, ins All zu emigrieren. Ich traf die notwendigen Vorbereitungen und ließ mich in der Dunkelheit hochbeamen.

Sein neuer Tutor erwartete uns schon, und ich spürte, dass meine selbstgewählte Aufgabe vollendet war. Amor umarmte mich. Er küßte mich, zum ersten Mal, zart auf die Stirn, dann sah ich ihn nur noch in Richtung der Holodecks verschwinden. Ich bestellte einen Shuttle, der mich zu einem der Jupitermonde bringen sollte. Dort fand gerade ein astrophysikalisches Ereignis statt. Der elektronische Summton im Shuttle erinnerte mich daran, dass es Zeit wurde zurückzukehren. In den frühen Morgenstunden kam ich wieder zu Hause an.

Es war schwül und drückend, an Schlaf war nicht zu denken. Ich fing an, die Spuren meines Adoptivsohnes zu verwischen. Nach einigen Stunden unruhigen Schlafs stellte ich mich schließlich dem schon fast wieder vergehenden Tag.

Ich suchte die Telefonnummer eines Mannes, der mir zufällig begegnet war. Er weilte gerade nicht in seiner Wohnung, sondern sorgte für ein Haustier, dass nicht mit in den Urlaub hatte fahren können. Manchmal hatte ich es mit Männern zu tun, die mich als weise Freundin auserkoren hatten. Ich fürchtete jedesmal, der Ehre nicht würdig zu sein. Dabei muß ich den Zettel wohl verbummelt haben.

Ich verspürte schon länger mal wieder Lust, einen Drachen steigen zu lassen. Dieser Drang taucht auf, wie ein Komet am Himmel. Genauso wurde ich dann von meinen Zeitgenossen auch angestarrt. Meist war es der Frühling, der in meinem Gemüt auf und abfederte, wie ein Basketball auf seinem Weg in den Korb. Geschicktes Spiel hatte zum Erfolg geführt, der Korb hatte den Ball regelrecht in sich hinein gesogen.

Es war aber einer jener Tage, an denen Himmel und Erde ein ideales Paar verkörperten. Meine kleine Welt stand still, das Vorzimmer des Meeresgottes Poseidon schien nicht besetzt. Sicherlich hatte sich die Sekretärin in einem amourösen Spielchen verloren. Ich streichelte liebevoll die unzerstörbare Haut eines Drachens. Feuerspeiend blickte er mich gedankenverloren an. Ich liebte und fürchtete dieses Feuer zugleich. Männer wollen nur das eine und Frauen sind alle gleich!

Die Urne stand mutterseelenallein im Schuppen, inmitten vergessener Luxusgüter und Gerümpel, das auf die nächste Sperrmüllaktion zu hoffen schien. Trotz seiner höflichen Umgangsformen kam er immer ungelegen. Er gab sich zwar Mühe, nicht aufdringlich zu erscheinen, dennoch war man von Unbehagen durchflutet, selbst wenn er, sich in Erinnerung bringend, nur kurz 'Hallo' sagte, und lautlos wieder verschwand. Es dauerte lange, bis dieses Unbehagen verebbte. Unmerklich veränderte ich mich gleichzeitig durch diese Kontakte. Mochten sie noch so flüchtig gewesen sein, sie hinterließen tiefe Eindrücke in meiner Befindlichkeit.

Feiner Geschmack von Freiheit erblühte in den Knospen der Sinne. Die Nachricht von Sallys Tod erschütterte mich sehr. Ihr Mann unterrichtete mich über die Umstände ihres Ablebens, was mich allerdings auch nicht fröhlicher stimmte.

Ich nannte sie 'Mutter der Kreativen'. Während eines Jahrmarktbesuchs mit der ganzen Familie war sie plötzlich in sich zusammengesunken. Alle Wiederbelebungsversuche waren zu spät gekommen. Sie hinterließ einen feinfühligen Mann und Zwillinge im Alter von elf Jahren. Eine gemeinsame Bekannte erzählte mir später, dass auch Sally mit elf ihre Mutter verloren hatte. Seitdem hatte sie gefürchtet, ihre Töchter dann ebenfalls verlassen zu müssen. Kurz vor ihrem Tod hatten sie furchtbare Rückenschmerzen gequält. In ihren letzten Tagen hatte sie sich komplett neu eingekleidet, dabei Schwarz bevorzugt. *Gibt es den programmierten Gen-Suizid?* Ich weinte um sie.

Begeistert von meinem naiven Interesse, zeigte die Bestatterin mir die Urne. Sie erklärte, während sie den äußeren Behälter öffnete und eine Blechdose zum Vorschein brachte, dass sich Überreste der Verstorbenen im Inneren befänden.

Dabei schüttelte sie die Dose, als würde sie einen Drink mixen. Aufgebracht nahm ich Abschied vom durchgeschüttelten Rest der lieben Sally. Ich war wütend, warf innerlich mit Marmorplatten und Bullaugen um mich, entlarvte Hoffnung als Urform eines Spiels, das nur Verlierer hervorbrachte.

Wo blieben die guten Überraschungen, die weder Prellungen noch Blutergüsse in der Seele hinterließen.

Dem Schicksal war offenbar alles egal. Mir fiel es schwer, seine Gleichgültigkeit zu ertragen. Daher zeigte ich mich ihm niemals ergeben, sondern demonstrierte Eigenwillen. Phasen der Schwäche versuchte ich zu verbergen. Wie käme ich dazu, die Tiefen meiner Intimität jenem Schicksal, welches nicht einmal so höflich war, sich mir in all den Jahren vorzustellen, bedingungslos zu offenbaren.

Die Aussicht, mich mit einem Ferengi herumschlagen zu müssen besserte meine Stimmung am allerwenigsten. Ferengi waren bekanntlich hinterhältig dreinschauende Wesen mit hochgezogenen Schultern. Sie lebten einzig und allein für ihren materiellen Vorteil, für den sie vor keiner Gemeinheit zurückschreckten.

In der gesamten Galaxis war man sich einig, möglichst keine Geschäfte mit ihnen zu machen. Etwas anderes war mit diesen Krämerseelen andererseits aber nicht anzufangen.

Die auf Geld ausgerichtete Seele der Ferengi war von Gleichgültigkeit geprägt und von der nervösen Unruhe bewegt, keine Chance verpassen zu wollen, den eigenen Reichtum zu mehren. Dabei tat sich paradoxerweise pure Armut auf. Die Beschleunigung des gesamten Lebens und des Alltags führte dazu, dass Ferengi nicht sehr alt wurden. Ständige Rastlosigkeit war der Preis der Gewohnheit kaufmännischen Denkens und Handelns. Ferengi jammerten immer über die schlechte Konjunktur. Ich konnte mir bei den von ihnen geschilderten Untergangsszenarien ein Lächeln oft nicht verkneifen. Weniger ist mehr! Ich persönlich schließe mich gern Sokrates an, der nach einem Bummel über den Athener Markt gesagt haben soll:

'Es ist schön zu sehen, was ich alles nicht brauche!'

In der Ferengiwelt galt diese Einstellung als Todsünde. Ich drückte den Preis für einen Walkman aus purer Langeweile, sodaß der Ferengi nur einen um fünfundsiebzig Prozent überhöhten Betrag für das Gerät von mir erhielt. Er grinste mich an und wollte mich mit anzüglichen Bemerkungen noch zu einem Drink einladen. Er umschmeichelte mich. Offensichtlich machte es ihn an, dass ich gefeilscht hatte. 'Komische Art von Erotik', dachte ich, überreichte ihm das Geld und setzte mich ab.

Unterwegs traf ich Goofy. Er schien sich Sorgen zu machen. Seine Stirn in Falten gelegt, lehnte er an einem überlaufenden Meteoritencontainer.

"Hey Goofy", rief ich. Ohne meinen Gruß zu erwidern, fragte er: "Meinst Du, es ist auf Dauer schädlich?"

"Was, bitte?" Ich war überrascht. "Die Sache mit den Supernüssen", sagte er.

Ich überlegte kurz und fand beruhigende Worte: "Die Nummer als Supergoof ist klasse und die Nüsse gehören eben dazu!"

"Stimmt", antwortete er, drehte sich um und verschwand im Nebel der Milchstraße.

Ich mußte sowieso zurück, ein runder Geburtstag des Patriarchen stand bevor und meine beste Freundin hatte mich angefleht, sie an diesem Tage nicht allein zulassen.

Die Mischpoke hatte sich, samt Anhang, in ängstlicher Erwartung, ob das Geschenk den Ansprüchen genügen würde, versammelt. Der Schwede, ein versoffener Kerl, der ständig mit dem Geld anderer Leute jonglierte, war auch gekommen.
Na denn: Prost! "Alles Gute! Auf dein Wohl!" Die Kelche wurden gehoben, Zähne gezeigt. Der Patriarch

nahm Huldigungen entgegen und kippte Champagner. 'Hauptsache, die Familie kommt zu bestimmten Tagen zusammen.' Verwandte Gene fordern lineare Entwicklungsprozesse, die meist dem Zeitgeist widersprechen. Dieser ständige Widerspruch kostet viel Kraft, da die persönliche Bereitschaft, sich zu beugen, außer Kraft gesetzt ist. 'Hauptsache, alle zusammen!'

Meine beste Freundin schaute gequält in die Runde: 'Hauptsache alle zusammen und nicht nüchtern!' Mit klarem Kopf ließen sich diese Zusammenkünfte ohnehin nicht ertragen - Lächeln! 'Prost!' 'Danke, Schwede, das Essen ist vorzüglich.' 'Ganz besonders gut, wirklich außergewöhnlich, wie alles an uns und unserem Geschmack' - Rülps - 'So hübsche Servietten!'

Das Enkelchen griente, seit Jahren geschminkt. 'Hallo Maske!' Sie lächelte, als würde sie gern einmal vergiftet.

Die armen Ost-Verwandten waren auch gekommen. Sie galten Nichts. Die haben ja sowieso keine Ahnung und keine Knete, spielen kein Golf und sind überhaupt scheißlangweilig. Haben doch gar nichts zu erzählen, außer von ihrer Gartenlaube in Vorpommern. Konnten froh sein, dass sie hin und wieder in die Schweizer Wohnung durften, oder!?

Das kleine Land war durch seine Bankgeheimnisse und anderen Käse bekannt geworden.

Das es den Einheimischen inzwischen lieber wäre, wenn die Touristen ihr Reisebudget einfach nur über-weisen würden, auf ein Nummernkonto versteht sich, ohne selbst in Erscheinung zu treten, war allerdings schon lange kein Geheimnis mehr. 'Na, wie war's denn beim letzten Mal?' Ist auch egal, heute wird gefeiert. Später waren alle verkatert vom herzlosen Gelächter, den Verlegenheitskomplimenten, die die unangenehme Stille brechen sollten, sowie der Anstrengung, den Tep-pich hochzuhalten, um alles darunter zu fegen.

Ich ging nach Hause. Am nächsten Morgen erreichte mich der Anruf eines entfernten Verwandten. Er war mit seiner Freundin in der Stadt und brauchte eine Übernachtungsmöglichkeit. Unflexibel wie ich war, fiel ich fast in Ohnmacht, hatte ich mich doch gerade auf einen ruhigen Abend gefreut. Heimlich fluchend und die himmelschreiende Ungerechtigkeit beklagend, gab ich ihnen eine Zusage. Gleichzeitig entschied ich mich, einer bis dahin ignorierten Einladung zu folgen. Von den Gastgebern abgesehen, würde der Brunch vielleicht gar nicht so furchtbar werden.

Atemlose Begierde schlug mir entgegen: Barocke Begrüßungsrituale vor postmoderner Kulisse. Ströme gelöster Gefühle am Ausschank. Mein Nervenkostüm längst nicht so bestechend wie mein Outfit, das einen ersten Verehrer anzog. Seine wollüstige Zuneigung verwickelte mich in einen spielerischen Kampf aus dem manchmal sogar Liebe werden konnte. Schöne Worte verdeutlichen sein Interesse. Doch ich war nicht in Stimmung. "Nimm 's nicht persönlich", sagte ich, "aber mach 'ne Welle."

Wie Fettaugen auf der Suppe, die Geschlechter fokus-
sierend, schwimmt Sexualität auf vier Quadratmetern
unerfüllter Bedürfnisse.

Enttäuscht zog der junge Hirsch, offenbar kurz vor einem Samenkoller stehend, weiter. 'Weiblicher Busen wunderbar', dachte ich und war wieder allein.

Ich ging, um die entfernten Verwandten zu empfangen. Hand in Hand mit meiner kleinen Wut folgte ich einem Weg, der durch Gärten direkt zum Dach der Welt führte. Ich schaute zurück. Was ich sah, erschien wie das was vor mir lag. *Danke für die nachträglichen Glückwünsche.* Ein Gruß in der Dämmerung an den Nachbarn mit seinem zottigen Hund. Ich blickte nicht mehr zurück. Mir wäre die Zukunft wie Vergangenheit erscheinen.

Mein Nachtbesuch trudelte ein und wir verbrachten einen kurzweiligen, belanglosen Abend. Am nächsten Vormittag fühlte ich mich wieder etwas elastischer. Täglich stand ich vor der Wahl, in sklavischer Abhängigkeit von der Sonnenuntergangswelt oder in Freiheit zu leben. Im Briefkasten fand ich eine Karte; wenn Worte immer wieder zu Missverständnissen führen, ist es besser eine Weile zu schweigen, lautete der ganze Text. Ich konnte die Unterschrift nicht genau erkennen. Der Poststempel war verwischt, die Marke stammte aus Buthan. Ich freute mich über diesen Gruß, auch wenn der Absender unerkannt blieb.

Des Wahnsinns nackter Kofferträger stöberte mich im Wohnzimmer auf. Stand einfach mitten im Raum und öffnete seinen Koffer, wie die Büchse er Pandora. Einen kleinen, endlos erscheinenden Augenblick lang stockte mir der Atem, als mir der Inhalt entgegensprang. Selbst der Blick des Kofferträgers verriet Irritationen angesichts des gewaltigen Schauspiels, welches sich außerhalb meines sorgsam visualisierten Schutzkreises manifestierte.

Ein verwirrtes Temperament saß in der Regie und übernahm sich zweifellos beim dem Versuch, ein Drama zu inszenieren. Wer hatte recht? Wer hat Recht wozu? Wo ist das Gute hervorzuheben und das Böse zu eliminieren? Statt meiner Fassung war ich bemüht, einen Schutzkreis zu wahren.

Der erforderliche Energiebedarf ließ meine Pölsterchen wegschmelzen. Ich hörte verzweifelte Schreie durcheinanderpurzelnder Kalorien. Mein sonst recht gesunder Appetit packte das Nötigste zusammen und nahm unbezahlten Urlaub. 'Erst mal 'ne Banane '- zu irgend etwas mußte ein Tennisstar doch gut sein. *Vorbildfunktion ist alles!*

Meine Befürchtungen, die zu Brei gemahlene Frucht könnte in der Speiseröhre zu Zement werden, erfüllte sich, der Banane sei Dank, nicht! Obwohl ich keine Äpfel aß dachte ich an das verlorene Paradies. Eine

Frau, eine junge Frau, eine junge überdurchschnittliche Frau, eine junge, überdurchschnittlich verwirrte Frau löste Flutwellen von Haß im Namen der Liebe aus.

Herzlichen Glückwunsch! Worum geht es hier nochmal? Um Menschenrechte und Würde!?

Meine Räuberkatze schlich durchs Wohnzimmer, dabei die Schwingungen im Raum assimilierend. In aller Seelenruhe fädelte sie ihr Spiel ein: Offener Poker - Keine verdeckt - wer zuckte hatte verloren. Den Sieg auskostend legte sie sich zufrieden auf die Seite. Der Widerspenstigen Zähmung ging weiter.

Ein hochdosiertes Liebesdrama erbricht sich in meine Intimsphäre. Ich säte Gleichmut und erntete ärgerlichen Rückzug. Ich säte Methode und erntete trotzigen Widerwillen. Ich bat um Ruhe und erhielt ein Auflodern gekränkter Eitelkeiten. So etwa mußte es im Fegefeuer aussehen. *Ein Riesenspiegel, der nur verzerrte Bilder zurückwirft!* Ich brachte es fertig, die Flammen einzudämmen und gab acht auf die Glut. Ein einziger unvorsichtiger Luftzug konnte das Feuer neu entfachen. Wir hoben die heiße Glut vorsichtig in den Koffer. Behutsam verschloß ich seinen Deckel und stellte ihn in die Kühlkammer. Ein kühler Kopf konnte nur von Vorteil sein. Die Gattin des Kofferträgers fiel mir erleichtert um den Hals.

Bei einem gemeinsamen Essen hatte ich sie einmal beobachtet, wie sie Apfelmus in sich hineinschaufelte. Dabei hatte sie gelächelt und mit ihren Lidern den glasigen Blick verschämt bedeckt.

Ich glaubte damals, dass sie sich zu Tode erschrecken würde, sollte sie sich plötzlich verstanden fühlen. Des Wahnsinns nackter Kofferträger wirkte noch immer benommen, als seine Frau ihn zur Tür führte.

Das Leben scheint voller Rituale zu sein.

Ich hatte eine Verabredung zum Mittagessen mit einem Auftraggeber. Immer wieder lud er in das gleiche Lokal ein. Dessen Koch triefte ebenso vor Arroganz wie seine Kreationen vor Fett. Stets hatte ich Blähungen übelster Art von seinem Essen, verbunden mit Darmkrämpfen. Und jedesmal nahm ich mir vor, dort nie wieder etwas zu mir zu nehmen. Wie sagte der kleine Junge am See, der hinter seinem Vater und seinem jüngeren Bruder herlief: "Bingo, jetzt spielen wir verlorener Mann!" Er sprach mit einer tiefen, ernsten Stimme. Als würde er so abgeklärt in die Welt schauen, wie ich es mir für mich selbst oft wünschte.

In dem Restaurant gastierten nur feine Leute mit prall-gefüllten Geldbeuteln. Ein paar Millionäre warfen sich während der Mahlzeit Hasstiraden auf die Teller. Guten Appetit! Es hätte mich nicht gewundert, am nächsten Tag im Bürgerradio zu hören, dass sie sich umgebracht hatten. Der Chef kochte hier persönlich. Zwischen-durch kam er in den Speisesaal, um sich die Idioten anzuschauen, die so viel Geld für seinen unbekömm-lichen Fraß auf den Tisch legten. An diesem Tag gehörte ich, leider, auch zu jener Spezies. Wenn auch nur indirekt, weil ich die Rechnung nicht selbst beglich.

In der Traumfabrik war eine Gesellschafterversammlung anberaumt, mit geladenen Gästen garniert. Die flambierten Entscheidungen, die dort getroffen werden sollten, hatten garantiert eine gewichtsreduzierende Wirkung. Auch der alte Geschäftsführer tauchte auf.

Plötzlich stand er mitten im Raum. Neben einem höflichen "guten Tag", brachte niemand weitere Floskeln heraus. Glücklicherweise trug er inzwischen Jeans. Die konnte man waschen. Das Sakko des Herrn hatte schon olfaktorische Geschichte geschrieben. Seine Ausdünstungen waren allerdings eine Beleidigung für den ältesten Sinn der Menschen.

Er murmelte etwas, wie 'der Hauptgesellschafter wüßte schon!' Alle nickten und er wieselte ins Großraumbüro. Er mußte sich rechtfertigen. Leider nur für sein Erscheinen, nicht für die Bilanzen, die jahrelang schöngeschrieben worden waren. Zum letzten Stichtag war sein Vorgehen nun aufgeflogen. Merkwürdigerweise wurde er vom Hauptgesellschafter geschützt. Er nannte ihn meinen Freund, Harvey. Harvey war ein Mann fürs Grobe gewesen. In der Gewißheit, so lange arbeiten zu können wie er wollte, hatte er auch mit siebzig Jahren noch nicht vorgehabt, seinen Sessel zu räumen. Irgendwann sollte der von ihm bestimmte Nachfolger, der bis dahin vor allem leere Briefumschläge entsorgt hatte, in leitender Position aktiv werden.

Doch dann kam alles anders. Einer der Gesellschafter setzte durch, dass Harvey verabschiedet wurde. Der Hauptgesellschafter stellte sich zunächst quer und wollte zur Abschiedsfeier nicht erscheinen. Es bedurfte zweier deutlicher Ansprachen bis er dann, mit flatternden Hosen, erschien und eine Laudatio hielt. Freund Harvey machte trotzdem weiter wie gewohnt. Die Belegschaft staunte nicht schlecht, als er am nächsten Tag wieder auftauchte und sich in die Alltagsroutine einmischte. Er mußte schließlich vor die Tür gesetzt werden. Für seinen Nachfolger brachen harte Zeiten an.

Plötzlich war er nicht mehr Geschäftsführer in spe, sondern Mitarbeiter, wie alle anderen auch. Ich erfuhr, dass bilanzstarke Unternehmen, wie Banken und Versicherungen, in den Ruhestand verabschiedeten Führungskräften Büroräume bereithielten, um sie vor einer seelischen Inflation zu bewahren.

Am nächsten Nachmittag fuhr ich zu einem Haus am Fluß. Hier konnte ich das Flüstern der Sehnsucht deutlich vernehmen. Ich lauschte diesem Flüstern sehr gern. Vorstellungen von einem Heim breiteten sich aus, Wonnen von Geborgenheit und Entspannung füllten meine Gefühle auf, die manchmal schon wie alte Luftballons erschienen waren, denen langsam die Puste ausgeht.

Die Landschaft wirkte wunderbar bizarr. Einzelne gelbe Blätter schwebten einsam durch die Luft. Leicht, wie Federn, drehten sie sich im Wind, nur um in völliger Gelassenheit auf den Boden zu fallen. Scheu und anmutig zugleich erschien mir die Choreographie der

Schwerkraft. Blitze zuckten am Himmel, grollendes Donnern übertönte jeden Gedanken. Dieses Schauspiel ließ mich auf den Boden der Tatsachen zurückkehren.

Ich war auf dem Wege, Mong aufzusuchen. Er war ein Narr mit besten Absichten. Niemals hatte er sich träumen lassen, dass Anonymität sein Tempel sein würde. Die meisten in seinem Umfeld gingen irgendeinen Weg. Sie folgten den klassischen Religionsführern oder postmodernen Vorbildern. Alle legten großen Wert auf Seriosität, auf das rückbildende Element im Dasein des Sterblichen. Sie fanden zu jeder Gelegenheit Trost und Sinn in diesen Anschauungen. Sie sprachen mit leuchtenden Augen von der unglaublichen Inspiration, die ihnen zuteil wurde. Ihre Werbung quoll zwischen feuchten Lippen hervor. Solange man nichts gegen den Guru sagte, war man seines Lebens sicher.

Mong gab sich große Mühe, den Gläubigen nicht wehzutun, sie nicht in ihrer sanft schaukelnden Wiege des Glaubens zu beunruhigen. Einst hatte er die Vision, von schön geformten, wohlriechenden weiblichen Händen im Rhythmus seines Atems liebevoll gestreichelt zu werden. Er berichtete davon nicht ohne Zynismus. Zu tief war seine Erinnerung an Hände, die ihn gegen seinen Willen festhielten, wie eiserne Klammern, seine Gelenke umschließend, jeden Widerstand brechend. Hände, die ihn schlugen. Er sagte, Hände seien das Meisterorgan des Menschen und betende Hände könnten nicht richtig zupacken.

Er versuchte sich an einen Anfang zu erinnern, aus dem seine Gegenwart entsprungen war.Doch fand er nur Anfangslosigkeit vor. Er nahm es persönlich, dass Religionen das Gute, das Schlechte und das Heilige zu beurteilen beanspruchten. Er selbst hatte die Fähigkeit, Symbole zu deuten.

Diese Fähigkeit machte ihn zu einem ekstatischen Seher, wenn Pluto seine Schleusen öffnete und sich ein mehrdimensionaler Strom von Energie und Information in sein Bewußtsein ergoß. Er beschönigte Nichts in diesen Phasen. Wenn man ihn fragte, wie es ihm ginge, antwortete er: "Höllisch gut!"

Manchmal war er mir ein wenig unheimlich in seiner Art der Menschen Verrücktheit, ihre niederen Motive und ihre Verführungstaktiken zu durchschauen. Sie schmeichelten ihm, doch er wußte, würde er sich auch nur einen Millimeter von ihnen erheben lassen, würden sie ihn bei nächster Gelegenheit kilometertief erniedrigen. Mutig blickte er also in Fratzen von Überheblichkeit. Schließlich verschloß er das schwere Tor zu seinem Inneren. Er schützte sich mit Traurigkeit vor der alltäglichen Gewalt. Manchmal hörte er behutsames Klopfen, dann öffnete er vorsichtig und ein Freund schlüpfte hinein.

Ich bat ihn um ein Orakel. Erstaunt schaute er mich an. "Wo brennt 's?" "Überall," sagte ich schnell. "Du willst ins Casino, stimmt 's," fragte er listig. Ich zeigte ihm den Effenberger. "Bist Du sicher?" fragte er noch einmal. "Keine Massage, wirklich ein Orakel?" "Ja, verdammt noch mal! Soll ich nach Delphi fahren, weil Du keine Lust hast?" Er lachte kurz auf und griff nach den Karten. Ich schüttelte den Kopf: "Würfel!" "Hey, woher weißt Du, dass ich neue Würfel habe?" "Weiß ich gar nicht!" "Wir können ein Farborakel machen......" "Nein, ich will die Astrowürfel!" Er verzog das Gesicht, schüttelte nun seinerseits den Kopf, griff dann aber doch nach dem gestreiften Beutel, in dem sich die richtigen Würfel befanden. Türkis für die Planeten, Blau für die Zeichen und Braun für die Häuser.

Es klopfte. Das konnte nur Eine sein. Der Mond ging auf und meine beste Freundin trat ein. Glücklicherweise machte sich niemand von uns mehr schwere Gedanken um einen nicht existierenden Zufall. Wir wußten um die Existenz dreiblättrigen und vierblättrigen Klees. Das reichte erkenntnistheoretisch völlig aus. "Bei mir geht's um die Traumfabrik, ums Haus," sagte ich. "Und bei mir um die Liebe", rief Mong dazwischen. Er war ein schwuler Glückspilz und konnte sich vor Liebschaften kaum retten.

Nacheinander berührten wir die Würfel. Zuerst erfragten wird das Thema Traumfabrik:

Sonne in den Fischen im zehnten Feld!

Gute Aussichten, ich war zufrieden.

Selbstbewußtsein, durch Neptuns Dreizack befreit, strahlt ins Unermeßliche.

"Gute Prognose", meinte Mong.

Dann zum Thema Haus:

Mond im Wassermann im siebten Feld!

Die Würfel waren gefallen.

"Mit dem Mann im Mond auf Wolke sieben! Ist doch nett", lachte ich los. Meine Freundin kniff die Augen zusammen, als wollte sie etwas winzig Kleines erkennen. Dann entspannte sich ihr Gesicht. Mit bedeutungsschwerer Miene lehnte sie sich zurück.

"Dein neues Haus wird die Leichtigkeit in sich tragen, die Du brauchst, um Deine Weiblichkeit und die darin steckende Kreativität frei zu entfalten. Es wartet eine geniale Phase auf dich!" ergänzte Mong.

Erneut rollten die Würfel über den Tisch, nun zum Thema Liebe.

Neptun im Widder im sechsten Feld!

"Du solltest Mönch werden," kicherte meine Freundin albern. Mit gespieltem Entsetzen umklammerte er seine Kehle. Er röchelte. "Als Kapazität auf dem Gebiet der Widderlichkeiten", meldete ich mich zu Wort, "möchte ich Folgendes dazu bemerken... "

Ein Couchkissen flog knapp an meinem Kopf vorbei. Ich schnappte mir einen Korkuntersetzer und schleuderte ihn durchs Zimmer. Die Schlacht der Wattebällchen war eröffnet. Wir tobten durch den Tempel, überließen uns hemmungslos dem Gott der Ausgelassenheit, dessen heiliger Name 'Toberich' relativ unbekannt war. Nachdem sich jeder von uns mindestens einmal den Kopf an der Dachschräge gestoßen hatte, ließ der Anfall langsam nach. Wir schnappten nach Luft. Mong lag auf seinem Berber und flüsterte mit heiserer Stimme: "Ich sollte wohl eher meine geheimen Gelüste verfeinern und ein neues Bewußtseinstor aufstoßen!" Meine beste Freundin stieß mir ihren Ellenbogen in die Seite und lachte so dreckig, dass Mong errötete.

Die Zeit war verflogen. Wir gingen zu einem Vortrag. Die Rednerin wirkte ruhig und aufgeräumt. Ungeschminkt trat sie vor das Publikum.

"Stadt ohne Löwen", sprach sie mit bebender Stimme ins Mikrophon. Im Saal war es mucksmäuschenstill geworden. "Als ich gebeten wurde", fuhr sie fort, "unter der Glaskuppel dieser Stadt eine Rede zu diesem Ereignis zu halten, wurde ich von Freude überwältigt und von vielen Irrlichtern angestrahlt, von konfuser Erregung aufgesogen."

Kaum hatte sie das gesagt, lösten sich die Konturen ihres Körpers auf. Transparente, verschieden farbige Lichtbänder bewegten sich durch den Saal. Alle starrten auf das Unfaßbare. Niemand wagte einen Ton von sich zu geben. Die Stelle am Rednerpult war leer. Noch einmal schallte der Beginn der Rede durch den Saal, wie ein Echo, schwächer und schwächer werdend: "Stadt ohne Löwen. Stadt ohne Löwen..." bis es ganz verhallt war.

Donnernder Applaus erhob sich. Das Publikum sprang von den Sitzen und starrte wie hypnotisiert zur Bühne. Ich raunte Mong und meiner Freundin zu, dass es besser sei zu verschwinden. Wir verließen den Ort solcher Phänomene noch während die Ovationen anhielten.

Am nächsten Morgen stand etwas über eine mysteriöse Künstlerin in der Zeitung, die mit ihrer Performance eine ganze Zuhörerschaft den Löwen zum Fraß vorgeworfen hatte. Der römische Zirkus ging daraufhin nachts in den psychiartrischen Ambulanzen erst richtig los. Dort wurden staatlich anerkannte Drogen ausgegeben, die für einen gedämpften Gemütszustand und einen Remphasenlosen Schlaf sorgten. Die Alternativpresse warf die Frage auf, ob dies die Werbeveranstaltung eines pharmazeutischen Konzerns gewesen war. Ich schüttelte mitleidig den Kopf. Authentizität konnte nicht fabriziert werden, auch nicht von der weltbesten Werbeagentur.

In der Nachbarschaft hatte man begonnen, die Erde aufzureißen und einen Keller auszuheben. Offensichtlich war dabei eine Telefonleitung beschädigt worden. Jedenfalls konnte ich nicht telefonieren. Ein Anrufer hörte gerade noch mein Hallo, bevor die Leitung rauschend zusammenbrach. Der im Hörer integrierte Verstärker ließ meine Stimme blechern und surreal klingen. Eine Verbindung von Stimme und Stimmung war kaum noch nachvollziehbar. Technisch verzerrt leuchteten Farbbänder in tiefem Violett auf.

Oft malte ich mir ein Leben ohne Telefon aus. Nun war es einige Stunden lang Wirklichkeit und ich war äußerst unzufrieden damit, wartete ich doch dringend auf Wohnungsangebote. Auch mit meinem unausstehlichen Vermieter hatte ich noch einiges zu regeln.

In einer Talkshow exhibitionierte sich unterdessen ein junger Mann, der Sex ohne Kondome bevorzugte und dafür die begehrte Frau schon mal mit Alkohol abfüllte, um sie gefügig zu machen. AIDS fand seiner Meinung nach nur in den Köpfen statt. Er hielt sich für immun und wollte Spaß im Leben haben. Punkt. Fertig. Aus! Er erhob wahrhaftig die Frage nach Ansteckung zur Glaubensfrage. Wenn nicht gerade Skorpionvollmond gewesen wäre, hätte ich sicherlich darüber gelacht. Die Welt ist nicht perfekt. Eher ein Jammertal. Schlimmer noch, ein Straflager. Und alle haben lebenslänglich. In letzter Zeit hatte ich häufig Ärger mit Zeitgenossen. Fäden, die ich gern aufgelöst hätte, sind im Verborgenen zu starken Bändern weitergewachsen.

Ich habe wenig Lust, Zeit in kleine karierte Stücke zu teilen. Ich will in Bewegung sein! Dasein ist Bewegung - Bewegung ist Wandel! Wer anderen gehört, ist gehorsam. Wer sich selbst gehört, ist autonom. Die enge Welt der Superlative stachelt mich an, den Blick auf das Einfache zu werfen. Der moderne Mensch potenziert das Komplizierte, allen voran die Intellektuellen. Sie galoppieren auf dem hohen Roß der linken Gehirnhälfte, Raum und Zeit in wortreiche Phrasen zwängend.

Alltägliche Hausarbeiten warteten auf mich, Hausarbeit war lästig, sonst nichts! Ich stürzte mich auf den Hoover und ergab mich der Notwendigkeit. Am nächsten Morgen erinnerten engagierte Vorbereitungsarbeiten an kommende Baustellen, die den Sommer bestimmen sollten.

Der Tisch war für 12.oo Uhr bestellt, und wie immer kamen sie zu spät. *Früher hielt ich Pünktlichkeit für eine Erfindung des Spießertums, doch inzwischen ist sie mir kostbar als Möglichkeit, anderen Respekt zu erweisen.* Ich spürte, wie kleinlich ich mit meiner Zeit umging. Ich wehrte mich, nicht immer erfolgreich, dagegen, sie von anderen bestimmen zu lassen. Irgendwann gegen 13.00 Uhr trudelten meine Gäste ein. Eine lieblos hingeworfene Ausrede sollte die Unpünktlichkeit begründen. Ein Händedruck mit ausgestrecktem Arm mußte als Begrüßung reichen.

Ich hatte den Auftrag in einem schwachen Augenblick angenommen. Danach war mir die Lust vergangen.

Keine Lust zu haben, konnte ich regelrecht zelebrieren. Dagegen waren die Null-Bock-Kids die reinsten Waisenkinder. Ich kultivierte einige Wochen lang schleppende Stagnation und hielt den Deckel fest auf der Lust. Wenige Stunden vor dem großen Ereignis flog er dann doch hoch und Lust kochte über. Ich mußte die Wärmezufuhr daraufhin eindämmen, um nicht alles zu verpatzen. Schließlich widmete ich mich dem Auftrag, ein öffentliches Atelier einzuweihen sogar mit Fanatismus.

Der Sommer war kurz und heiß. Ständig war man von Durst geplagt und mußte Mücken und Zecken abwehren. Verständigung war zur Glücksache geworden. Die Festplatte in meinem Mandelkern mußte unbedingt aufgeräumt werden. Der Systemwart war mal wieder unterwegs. Ich würde ihn wohl aufsuchen müssen. Ich ließ mich raufbeamen und freute mich auf das Restaurant am Ende der Milchstraße.

Hier traf ich auf Wilson, der auf der Flucht vor der Inquisition war. So nannte er die Wissenschaften. Er hatte den Mutterplaneten verlassen. Ein Gesuch um Auslieferung lag vor, aber es gab kein Abkommen.

Es wird nie eines geben, das der Postmoderne den Eingriff in die zeitlose Weite und Offenheit des Raums ermöglichen wird. Nur so kann verhindert werden, dass Freiheit in dunkle Tunnel getrieben wird, die man schließlich als Realität zu bezeichnen pflegt.

Zu uns gesellte sich ein ehemaliger irdischer Psychotherapeut, der sich jahrelang um die Heilung geplagter

Seelen gekümmert hatte. Irgendwann veröffentlichte er einen Text, der die billigen Tricks der Selbstsucht und, schlimmer noch, kostenlose Wege zum Glück aufzeigte. Seitdem wurde er gesucht. Als Nestbeschmutzer hatte er in der boomenden Psychobranche natürlich keine Chance mehr.

Auf dem Höhepunkt dieser Krise träumte er von seinem Vater. Das Einzige, was er bis dahin wußte war, dass dieser auf Sizilien leben sollte.

Im Traum war sein Vater ein hochgewachsener, schlanker Mann, mit grauen Haaren und einem schmalen Gesicht. Er führte ihn durch einen Garten mit vielen Bäumen. An einem der Bäume befand sich eine Schnur. Wenn man daran zog, öffnete sich der Baum und gab Früchte preis.

In einem anderen Baum lagen ein silberner Talisman und ein Buch. Der Vater händigte ihm beides aus, nachdem sie von den Früchten gegessen hatten.

Kurz darauf wachte er auf, bestieg noch in der gleichen Nacht ein Raumschiff und emigrierte. Ihn rief die Freiheit zu sich. Sein neuer Job bestand darin, die Sterne der Milchstraße zu polieren, was ihm schon unendliche Erfüllung gab.

Und: in seiner Freizeit konnte er sogar noch aus Sternenstaub wunderschöne Schmuckstücke zaubern. Ich erzählte ihm von meiner besten Freundin auf dem Planeten und bat ihn, mir ein Sternenstaubamulett für sie mitzugeben, weil sie immer noch ihrer Bannmeile nachtrauerte. Verständnisvoll nickte er, lehnte aber mein Angebot ab, ihm den Sternenstaub aus meiner Sammlung zur Verfügung zu stellen.

Manchmal dachte auch ich darüber nach auszuwandern. Doch dann waren alle Anstrengungen wieder vergessen. Ich hatte Gefallen daran gefunden, Wanderer zwischen den Welten zu sein, im Raum zwischen den

Gedanken auf Regenbögen zu reiten und auf den Klangwellen meines eigenen Lachens zu surfen.

Vergnügt ließ ich mich wieder auf der Erde absetzen. Inzwischen war es Herbst geworden. Bäume und Sträucher schüttelten ihre Blätter ab. Sie wollten frei sein für den Winter. In meinem Zimmer herrschte ein Chaos aus Zetteln, Schriftstücken, Kopien und Fragmenten von Texten. Im Briefkasten fand ich die Ankündigung des Besuchs eines Landvermessers und die Unterschrift meines Vermieters auf dem Auflösungsvertrag. Ich fühlte mich wieder frei und erfreute mich an dem sinnlichen Abenteuer des anschwellenden herbstlichen Farbenspiels, das immer viel zu schnell vorüberging.